KB055807

마탄의
사수

마탄의 사수 49

© 이수백, 2017

발행일 2021년 6월 4일 초판 1쇄 2021년 6월 10일 | 발행인 김명국 | 책임 편집 황수민 | 제작
최은선 | 발행처 주식회사 인타임 출판 등록 107-88-06434(2013년 11월 11일) **주소** 서울시
구로구 디지털로 1길 38-21 이앤씨벤처드림타워 3차 405호 전화 070-7732-6293 **팩스**
02-855-4572 **이메일** in-time@nate.com | ISBN 979-11-03-31763-8 (04810)
979-11-03-31704-1 (세트) | 이 책은 주식회사 인타임이 저작권자와의 계약에 따라 발행한
것이므로 내용의 전부 또는 일부를 사용하려면 반드시 양측의 동의를 받으셔야 합니다. 잘못된 책은
구매처에서 바꿔 드립니다.

마탄의 사수

이수백 게임판타지 장편소설

49

INTIME GAME FANTASY STORY

Der Freischütz
Musketeer

INTIME

차 례

Geschoss 1.

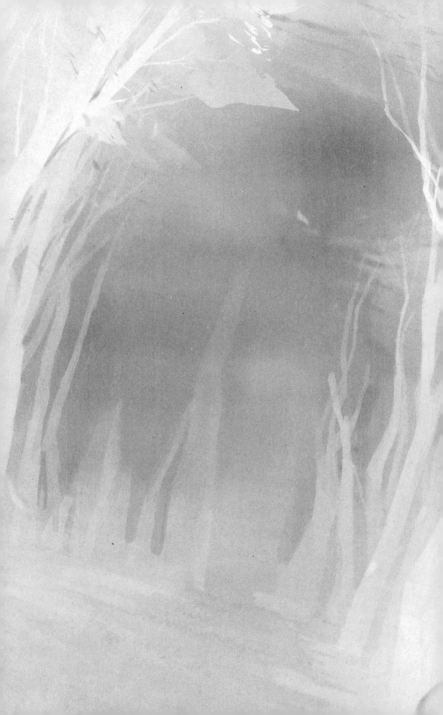

그 무렵 이하는 샤즈라시안의 국경 도시의 주점에 있었다.

퓌비엘과 국경을 맞대고 있는 유동 인구가 많은 도시였는데, 모습을 드러낸 이유는 치요를 교란하기 위함이었다.

치요의 첩자들이 여전히 활동하고 있다면 이하가 지금 이곳에 있다는 건 금방 전해질 것이고, '하이하가 움직이지 않는다'는 인식을 심어 줌으로써 침투하는 유저들이 은밀히 움직일 수 있도록 돕기 위함이었다.

"이렇게 높은 수준의 특작까지 할 줄은 몰랐는데. 이 세끼, 그동안 놀고 있었던 건 아니구만?"

이하에게 일련의 이야기를 들은 김 반장은 이하의 어깨를 툭 쳤다.

두툼한 컵을 들고 있는 이하는 꽤 굳은 얼굴로 그에게 답했다.

"그러지 마세요. 저는 지금 초조해 죽겠다고요."

이번 시티 페클로 침투 작전이 얼마나 중요한 사건인가.

미들 어스 전체를 생각해서라도 절대 실패해선 안 된다. 그렇기에 이하는 잔뜩 긴장한 상태였다.

김 반장은 그런 이하를 흐뭇한 표정으로 바라보았다.

"흐흐, 이 셰끼. 만약 경박하게 답했으면 한 방 갈겨 주려고 했는데."

"네, 네?"

이하의 당황에도 아랑곳 않고 김 반장은 말했다.

"군대 안의 개인이 갖는 힘이라는 건 고작 그 정도라는 거지. 초조하고 불안한 것, 네 손을 떠나고 나면 아무런 도움을 줄 수 없다. 제 아무리 저격수고 어쩌고 해도 다를 바 없지."

귓속말을 통해 실시간으로 상황을 분석하는 수준의 도움? 어차피 거기까지 간 유저들에게 그런 도움은 필요 없다.

하물며 람화연과 라르크 등이 더욱 자세한 전황 분석을 하고 있지 않은가.

"그런 감각을 현실이 아닌 곳에서 느낄 수 있다는 것 자체가 대단하고 재미있는 거다. 하기야, 미들 어스가 무너질지도 모르는 위협을 앞두고 있다면 현실 수준으로 괴롭긴 하겠군."

그럼에도 목숨이 걸린 일에 비할 수는 없으리.

김 반장은 굳이 뒷말을 하지 않았으나, 이하는 허공을 응시하는 미소년 미야우의 눈빛을 읽어 낼 수 있었다. 김 반장이 말하는 감정과 감각은 '어디'에서 익힐 수 있는 것인가.

실전을 겪은 특등 저격수.

요즘 세상에 '진짜 전쟁'을 겪었다고 말할 수 있는 그의 복잡한 감정을 이하는 잠시 엿보았다.

"일단 엘리자베스의 타깃을 알아야 할 텐데……. 그 자료에 의하면 여기 세 명이 1순위로 꼽을 만한 인물들이다, 이거지? 믿을 만한가?"

김 반장은 성스러운 그릴에서 보내온 자료를 보았다.

그러나 입으로 하는 말과 달리, 이하의 머릿속에는 또 다른 내용이 웅웅거렸다.

─어떻게 되고 있다냐, 시티 페클로 쪽은?

"아마 성스러운 그릴이니까 괜찮을 거예요. 반장님 말씀대로 엘리자베스가 저격수이자 동시에 '공작원'이라고 부를 정도라면 미들 어스 최고의 정보 길드가 짚어 주는 것과 크게 다르지 않을 겁니다. 흐흐, 거의 족집게 강의라고 볼 수 있죠."

─확실히 정예 멤버들이라 아직까진 별문제 없다고 하네요. 몬스터 몇 마리와 조우하긴 했지만 그쪽에서 알아차리지도 못했다고…….

—호오, 그 이환인가 하는 마술사 능력이 좋긴 좋구만.

—시티 페클로까지 남은 거리는 약 2km, 이제 다 왔다고 봐도 과언이 아닙니다.

프레아와 페이우, 신나라, 이환의 합동 플레이는 이하의 예상보다 훨씬 뛰어났다.

기본적으로, 보통의 은신이 아니라 빛을 이용한 이환의 스킬을 파훼할 만한 수준의 유저가 마왕군에 없었으므로 당연한 일이기도 했다.

'치요가 이상한 낌새만 눈치채지 못하면 돼. 카일이 시티 페클로 근처에 갑자기 나타나서 네 사람과 마주치는 일이 벌어지지 않는다면…….'

잠입은 성공할 수 있다.

이하는 마른침을 삼켰다.

〈신성 연합〉 요새에 있는 라르크와 람화연도 마찬가지였다.

실시간 보고를 받아 그들의 위치를 지도에 그려 내는 그들의 손길은 신중했다.

"그나저나 이 정도 상황이 되어 버리고 나니, '그 사건'이 엄청 다행이었잖아요? 진짜 되는 놈은 뒤로 자빠져도 돈을 줍는다니까. 아니, 앞이었나, 뒤였나."

라르크는 무언가 생각난 듯 피식 웃었다.

람화연은 잠시 그를 보았다. 굳이 언급하지 않은 '그 사건'

이 무엇인지는 그녀도 알고 있었다.

그러나 에윈이 듣고 있는 앞에서 말할 수는 없다.

"그러게요. 아마 마왕군 측 유저들도 시티 페클로가 발견된다 해도 우리가 들어갈 수 없을 거라고 믿고 있을 확률이 높아요."

"그러니까요. 뻬뜨르야 어쨌는지 모르지만— 우리 쪽에 그런 아이템이 있으리라곤 상상도 못 하고 있겠죠."

시티 페클로의 입장 조건은 바로 마기魔氣를 지녀야만 하는 것이다.

일부라도 있어야 내부로 텔레포트가 가능하다는 뻬뜨르의 말을 듣고 얼마나 고민을 많이 했던가.

마왕군 유저들 중 협조를 받을 만한 인물도 없고, 이제 와서 마기에 절어 있는 아이템을 획득할 방법도 없다.

'없다……고 생각했지. 진짜, 하이하 그 인간은 뭘 다 알고 하는 건가? 아니다. 이번 일은 키드가 주도했다고 말하긴 했었군.'

그때, 람화연이 꺼낸 카드는 라르크가 언급한 '그 사건', 즉, 교황청의 〈브로우리스 화장〉 건이었다.

브로우리스의 사체는 봉인되었다고 알려져 있지만 그것은 그가 지니고 있던 소지품에 한해서였다.

그의 사체는 교황의 이름으로 화장되고 또한 죄사함을 받았다.

그의 옷가지 등이 봉인된 이유는 바로 마기魔氣에 의해 재탄생한 것이기 때문이었으나, 그렇기에 바로 이번 작전에 필수 아이템이 되어 버린 셈이라니.

교황은 교황청에 잠들어 있던 아이템이라며 뻔뻔한 거짓말(?)과 함께 〈신성 연합〉에 해당 아이템들을 전달했고, 당시 라르크는 람화연에게 이야기를 듣고 나서야 키드와 하이하가 그린 황당한 결말을 이해할 수 있었다.

'NPC의 명예를 지켜 주기 위해……. 참, 대단들 해.'

언젠가 쓸모가 있을 테니 아껴 두겠다, 라는 식으로 보관한 게 아닐 것이다.

순수하게 스승 격 NPC를 존중한 키드의 마음과 그것을 실천할 수 있었던 하이하—람화연의 실력과 인맥.

미들 어스라는 게임은 얼마만큼이나 자신이 행한 일에 대한 부메랑 효과를 느낄 수 있게 만들어진 것일까?

라르크는 새삼 감탄했다.

그 순간 두 사람의 몸이 움찔했다.

"총사령관님, 지금 시타 페클로 추정 좌표 앞에 도착했다고 합니다."

"주변의 적은 여전히 없습니다."

에윈은 고개를 끄덕였다. 굳이 상황을 더 지켜볼 필요는 없다.

"진행시키게."

에윈의 명령이 떨어지는 순간, 프레아를 비롯한 네 사람에게도 귓속말이 전달되었다.

"일반 텔레포트와 비슷하지만, 아이템을 쥔 채로 있어야 합니다."

"어느 정도 반경은 있겠지만, 좌표를 조금 벗어나 버리면 엉뚱한 곳에 떨어질 거예요. 그리고 이환 씨는—."

"텔레포트의 빛을 숨길 수 있게끔 조치를 취할게요. 제 신호와 함께 텔레포트 사용해 주세요."

스킬 이펙트로 뿜어져 나가는 빛을 가려야 한다.

이환은 목적에 맞는 스킬을 캐스팅해야 하므로, 이환의 텔레포트는 프레아가 함께해 주기로 이미 말이 맞춰져 있는 상태였다.

작전을 다시 한 번 확인한 그들은 눈을 마주치며 호흡을 가다듬었다.

마침내 이환이 손을 펴고, 다섯 개의 손가락이 하나 또 하나 줄어들어 주먹이 쥐어지는 순간…….

그들의 모습이 사라졌다.

시티 페클로 밖에도, 안에도 그 어떤 빛조차 발생하지 않았다.

시티 페클로의 내부는 고요했다. 유저들은 호흡까지 얕게 고르며 주변을 살폈다.

—후욱, 공기가…… 다르긴 다르네요.

—넓습니다. 이 정도의 크기라니…….

—높이도 엄청나네요, 지하에 이런 공간을— 역시 마왕의 조각이 본격적으로 힘을 내면 이런 수준이 되나 보군요.

신나라와 페이우 그리고 이환은 각자의 감상을 말했다. 그러나 오래도록 구경이나 하고 있을 순 없다.

그들은 빠르게 이동을 시작했다.

다행히 그들이 들어온 장소는 벽과 가까웠고, 시티 페클로 중앙으로 추정되는 장소에 우뚝 솟은 성과 벽 내부로 보이는 각종 건물들이 즐비했으므로, 이동 목표를 찾아내는 데 큰 어려움은 없었다.

—마왕 부활 장소의 단서가 있을 만한 곳은 역시 저 성이겠죠?

—아마 그럴 겁니다. 222일 동안 그 어떤 방해도 받지 않아야 한다는 퀘스트가 떴다고 했는데, 일반 유저들에게 자신들

이 향할 장소를 알려 주진 않았겠죠.

─음. 저도 이환 대협과 같은 생각입니다. 마왕의 조각들이 거처라 부를 수 있는 곳에 단서가 있을 터.

그들이 프레아와 함께 이동할 멤버로 선발된 건 단순히 전투 실력이 뛰어나서가 아니다.

임기응변의 판단이 요구되는 상황에서 감과 지식 등 다방면의 수준까지 높아야 한다.

빠른 상황 분석과 목적 설정으로 그들이 나아가고 있었으나 프레아의 표정은 밝지 않았다.

─저기, 잠시. 다들 뭔가 잊고 있는 것 같아요.

─네? 뭐가요?

─너무…… 조용하지 않나요? 걸릴지도 몰라서 정령은 근방에만 풀어놓긴 했는데…… 그들을 통해서도 아무 소리가 안 들려요.

네 사람은 동시에 발을 멈췄다.

주변이 조용하다는 건 이들에게 유리한 일이다.

이환의 스킬로 모습을 가리고 있다지만, 기왕이면 아무도 마주치지 않는 게 위험을 0%로 낮출 수 있는 일이니까.

그러나 프레아의 말에도 일리가 있다.

'너무 조용해.'

'이렇게까지 인기척이 없나? 벌써 마을로 추정되는 곳 인근까지 온 것 같은데……'

마왕군 유저들이 시끌벅적 소란을 일으키거나 술집에서 떠들고 노는 것처럼 있다고 볼 순 없다.

이들이 찾는 것도 그런 소음이 아니었다.

아주 일상적이고 당연한 소음들.

작은 말소리나 웃음소리 또는 뛰거나 걷는 행동에서 비롯되는 소음이 있어야 하지 않은가.

'마왕군 전력 감소도 대부분 몬스터에 해당되는 거지. 유저들은 그래도 괜찮을 텐데— 이런—.'

신나라의 발걸음이 점차 빨라지기 시작했다.

나머지 세 사람도 덩달아 그녀의 뒤를 따랐다.

"우리 분명……"

"시티 페클로로 오는 길에도 유저들은 못 만났죠? 단지 넓어서 그랬을지도 모른다고 생각했는데—."

이제 완전히 전속력으로 달리기 시작한 그들은 서슴없이 대화하며 나아갔다.

그들은 마침내 거대한 문 앞에 섰다.

문은 열려 있었다.

내부로 보이는 대로와 함께 주변의 건물들, 그리고 시야 끝에 들어오는 거대한 광장까지……

평소라면 이곳에서 검문이라도 할 법한 분위기의 문은 그렇게 내부를 전부 드러낸 채 방치되어 있었다.

"방치…… . 그래요, 방치라는 단어가 맞겠어요. 이렇게까지 아무도 없을 수는 없어요."

신나라가 말했다.

시티 페클로는 그들의 근거지다. 마왕의 조각이 만들어 놓고 간 난공불락의 요새나 다름없다.

"설령 시티 페클로로 입장하는 방법을 알고, 우리처럼 그일을 해냈다 해도— 이 문을 잠그고, 성벽 위에서 농성한다면 상당한 수비력을 자랑하게 될 겁니다."

"으음, 저도 그 말에는 동의합니다. 그렇다면 이런 장소를 버리고 그들은 어디로…… ."

페이우와 이환이 차례대로 말했다. 이건 도대체 어떻게 된 일인가.

그들은 잠시 멈춰 서서 본부에 연락했다.

람화연과 라르크는 한 방 맞은 표정으로 서로의 얼굴을 바라보았다.

"시티 페클로가 비어 있다고?"

"말도 안 돼. 어떻게? 왜?"

그 순간, 람화연의 머릿속에 무언가가 떠올랐다.

"하우스하우스…… ."

"네?"

"카일이— 하우스하우스— 아, 잠깐, 설마⋯⋯."

최근 일어났던 일련의 사건들이 의미하는 게 무엇이었을까. 람화연은 자신이 읽어 냈다고 생각했다.

그러나 치요는 그 안에, 하나의 함정을 더 파 두었던 것이다.

"안 돼! 당장, 거기서 당장 빠져나와야—."

람화연과 라르크는 곧장 귓속말을 보냈다.

―탈출하세요! 거기서 바로, 프레아 씨! 무지개의 정령으로서!

"어머나? 탈출?"

"잠깐, 저쪽에서 빛—."

네 명의 유저들은 시티 페클로의 중앙성에서 빛이 번쩍인다고 느꼈다.

――――――――――――――!

시티 페클로 전체가 폭발했다.

람화연과 라르크는 잠시 멍한 얼굴로 있었다. 그러다가 두 사람은 동시에 서로를 보았다.

"대답은—."

"없습니다."

"말도 안 돼……."

람화연은 테이블을 강하게 짚었다. 다리에 힘이 풀리는 기분이 들 정도였다.

라르크는 계속해서 귓속말을 시도하며 현재 유저들의 상태를 듣기 위해 노력했으나, 아직까지 별다른 답변이 없었다.

"제기랄. 어떻게 빼낸 거지? 그 많은 숫자를 빼낼 수 있다고? 아니, 시티 페클로를 포기할 수 있다고?"

"하우스하우스를 죽인 게 아니었어요. 아니, 정확히는 카일이 하우스하우스를 죽인 이유에는 '진짜 의도'가 있었던 셈이죠."

"네? 카일이 하우스하우스를……."

라르크는 딱히 질문을 한 건 아니었다. 그러나 람화연은 그 말에 답할 수 있었다.

결과까지 알고 나자 마침내 모든 일의 흐름을 파악하게 되었기 때문이다.

람화연은 다리에 힘을 주고 바로 섰다.

그녀는 라르크를 보며 자신이 알게 된 사실에 대해 말해 주었다.

"카일이 하우스하우스를 죽였던 건…… 사우어 랜드에 대한 경고의 의미와 함께, 실시간 감시 기능이 있는 우리의 전력을 약화시키기 위함이라고 생각했어요. 일부러 모습을 드러낸 것도, 그저 자신의 힘을 과신하는 용도라고 생각했죠."

카일이 A 위치의 하우스하우스를 죽이면서 B 위치의 하우스하우스 앞에 모습을 드러냈었던 이유. 그런 행위들을 몇 번이나 반복했던 이유!

라르크가 람화연의 말을 이해한 것은 몇 초 정도가 지난 다음이었다.

"그사이에 시티 페클로에서 인원들을 빼내고 있었다? 눈속임용으로 카일을 이용……."

"아마도."

람화연은 라르크를 보며 고개를 끄덕였다. 그는 아무런 의도 없이 모습을 드러낸 게 아니었다.

단순히 사우어 랜드에 대한 경고나 〈신성 연합〉의 전력 약화 외에도, 자신에게 하우스하우스들의 감시를 집중시킴으로써 시티 페클로에서 마왕군 소속 유저들이 이동할 '틈'을 벌어 준 것이다.

"정확히는 카일 스스로가 한 게 아니겠죠."

람화연은 말했다. 라르크도 고개를 끄덕였다.

마왕군 소속 유저들 중에서도 악명 높고 똑똑한 유저들이 있다지만, 이렇게 대담한 선택을 할 수는 없을 것이다.

그들은 어쨌든 마왕의 조각에게 마기를 부여받고 또 마왕의 조각의 명령을 따라야만 하는 입장이니까.

그런 모든 입장에서 자유로운 사람, 라르크와 람화연은 카일과 함께 있을 그 사람을 떠올렸다.

"시티 페클로를 포기하고— 아니, 스스로 폭파시켜 버리는 건 단순히 마왕의 조각들에 대한 단서를 〈신성 연합〉이 찾지 못하게 만들 뿐만 아니라—."

"마왕군 자체의 전력도 약화시키는 거죠."

수읽기나 비즈니스, 어느 한 종목이라도 두 사람이 치요에게 밀리는 것은 없다.

그러나 치요의 지능은 이들과는 질이 달랐다.

"정확히 말하자면 치요 그 인간, 본인이 다시금 〈제3세력〉으로 올라서기 위해 두 개 진영의 힘을 전부 빼놓는 작전을 실천한 거예요."

어둠의 밑바닥에서 굴러 봤던 사람만이 낼 수 있는, 치밀하고도 정밀한 계략이었다.

〈신성 연합〉 요새의 외부에서 소란이 일어난 것은 잠시 후였다.

"사, 사령관님! 요새 외부에— 하얀 눈의 정령사 일행이 나타났습니다!"

"돌아왔다고요? 그들이—."

"그렇습니다! 네 사람 모두 상태가 위급하여 응급처치를 하는—."

"가 보죠!"

람화연과 라르크는 곧장 달려 나갔다.

그 즈음 치요와 마왕군 유저들도 같은 것을 느끼고 있었다.

"감지됩니다. 마지막 트랩이었던 〈공간 잠금〉까지 모두 실시되었습니다. 아마 1차 통신 방해, 2차 폭발에 이어 3차 공간 잠금까지 되었으므로⋯⋯. 시티 페클로는 사실상 매몰되었을 겁니다."

함정의 발동 알람이 연거푸 울렸고, 그럴 때마다 마왕군 유저들은 등골이 서늘해짐을 느끼고 있었다.

그들이 정말로 들어올 거라 믿었던 유저가 몇 없었기 때문이다.

"봤죠? 삐뜨르가 시티 페클로로 침입에 성공했는데 그 사람들이 가만히 있을 리가 없다니까. 어떻게든 오는 게 당연한 거예요."

치요는 자신만만하게 말했다.

시티 페클로에서 나가야 한다고 주장했던 건 당연히 그녀였다.

그리고 '기왕 나가는 거' 시티 페클로를 완파해야 한다고 주장했던 것 또한 그녀였다.

〈신성 연합〉유저들이 일정 수준 이상으로 발을 들였을 때, 그곳에 설치한 함정이 발동되게끔 해야 한다는 아이디어까지 추가하는 건 덤이었다.

당연히 시티 페클로를 지난 몇 달간 근간으로 삼았던 마왕군 유저들은 반대하고 싶었으나 함부로 의견을 내지 못했다.

'미친 여자로군…… 괜히 〈뱀파이어 퀸〉이니 뭐니 하면서 세력을 이끌었던 게 아니야.'

'단순한 악당 단체가 아니다. 심지어— 우리에게 안심을 주기 위해 시티 페클로 〈내부〉의 자료는 모두 우리들에게 챙기라고 하지 않았던가.'

그녀는 아무것도 바라지 않았기 때문이다.

로스 세타스와 길드 시날로아의 길드 마스터, 두 사람에게 시티 페클로 내성 안에 있는 정보나 자료를 확보하게끔 말했을 뿐이다.

만약 그녀가 마왕의 조각들이 마왕을 부활시키려는 장소와 관련된 단서를 알고 싶었다면 본인이 직접 나섰을 터.

그러나 시티 페클로를 빠져나가는 그 순간까지도 치요는 욕심을 부리지 않았다.

치요의 생각대로 흘러가는 건 그들에게도 썩 좋은 게 아니었다.

언젠가 은근하게 치요가 제시했던 '내 편에 붙어라'는 배신의 제안은 여전히 유효했지만, 그들은 아직 명확한 답을 주지 못하는 상태다.

그런 와중에 근거지인 시티 페클로가 완전히 털렸으니 마음 한구석이 영 찜찜할 수밖에 없었다.

"자…… 그럼, 앞으로 어디를 가야 할까요? 시티 페클로에 정말 녀석들이 왔으니……. 우리가 향해야 할 곳은 한 군데뿐인 것 같은데."

치요는 소매로 입가를 가리며 웃었다.

"그러네. 일단 잠시 나와 있자는 제안 때문에 나오긴 했지만―."

"앞으로 어디 가지? 시티 페클로가 박살 났으면 우리도 끝이냐?"

"마왕의 조각을 찾아야 하지 않나?"

주변의 유저들이 웅성거리기 시작했을 때, 메데인과 칼리는 망치로 한 대 맞은 것 같은 표정을 짓고 있었다.

그들도 일반 수준보다는 훨씬 우수한 두뇌를 지닌 유저들이기에, 마침내 치요의 무서움을 깨닫게 된 것이었다.

'그래서 처음부터―.'

'그 정보들을 우리에게 챙기라고 한 거였어. 어차피 본인이 단서를 찾지 않아도 되니까!'

시티 페클로를 잃은 상태에서 그저 신대륙 동부를 떠돌기만 할 것인가?

벌써 동요하는 마왕군 소속 유저들을 그대로 두고 볼 것인가?

"두 분께서 우리가 갈 새로운 장소를 알고 계실 것 같은데, 안내 좀 해 주시겠어요?"

치요는 시티 페클로 안에 있던 단서와 정보들을 조합하여, 마왕의 조각이 위치한 장소가 어디인지 밝히라고 요구하고 있었다.

한 번 얽히면 벗어날 수 없는 마성의 지략.

메데인과 칼리는 마른침을 삼켰다.

'하지만…… 그걸 알아서 어쩌려는 거지?'

'본인이 마왕의 조각들을 터치하려고? 그런 미친 짓을 할 리가 없다. 아무리 마탄의 사수, 이 NPC가 강력하다지만 그럴 리 없어.'

현시점에서 마왕의 조각을 건드린다면, 마왕군 소속 유저들 전원이 퀘스트 실패가 된다.

그 자리에서 살아 나갈 수 있다는 자신감이 있어서 장소를 요구하는 걸까?

설령 마왕군 소속 유저들에게 이긴다 해도 마왕의 조각들이 어떻게 행동할지 모른다.

그들을 중간에 건드리면 마왕 소환은 어떻게 되는 것이며, 현재 힘을 쏟고 있는 마왕의 조각들은 어떻게 되는가.

'도대체 이 여자가 노리는 건 뭐지.'

'빌어먹을, 마왕군 페널티가 예전이랑 비슷하다면…… 이

제 며칠 후에 파우스트가 접속할 텐데, 그 안에 뭐라도 정해야 하는 건가.'

치요와 카일이 나타나기 전까지, 〈백룡 전투〉가 끝난 이후에도 메데인과 칼리에게는 여유가 있었다.

그러나 지금은 완전히 휘둘리는 꼴밖에 되지 않았다.

자신들이 지닌 카드는 모두 내비쳤고, 적이 지닌 카드는 무엇인지, 심지어 카드가 몇 장인지조차 알 수가 없는 상황에서 게임을 하는 셈이었으니까.

치요는 그런 그들을 바라보지도 않은 채, 마왕군 유저들 사이에서 웃고 있었다.

―어떻게 됐다냐.

―우선 네 명 모두 살아 있다곤 합니다. 다만……. 건진 정보는 없는 것 같다고 하네요.

신나라는 〈신속의 기사〉 스킬을 활용, 서로의 손을 맞잡게 하여 시티 페클로의 최외곽으로 순식간에 이동했다.

그렇게 딸려 가는 도중에도 페이우는 스킬 캐스팅을 멈추지 않았고 그들을 뒤덮친 화마를 향해 자신의 범위 스킬을 사용했다고 한다.

프레아가 대지의 정령을 이용해 황급히 방벽까지 사용하여 힘과 힘의 맞대결에서 퍼지는 후폭풍을 막았으나, 대폭발이 일어난 시티 페클로의 지하 공간 전체는 매몰되어 가는 상황!

이미 후폭풍의 여파로 HP의 상당수를 잃은 그들이 시티 페클로의 잔해로 다가가 무언가를 건질 겨를은 없었다.

만약 프레아의 무지개의 정령이 웬만한 수준의 〈공간 잠금〉을 뛰어넘을 수 없었다면, 그들은 무사 복귀조차 할 수 없었으리라.

—쩝, 아쉽군. 그나저나 치요 그 여자, 제갈공명도 아니고……. 대담하구만. 성문 위에서 거문고를 타고 있었으면 아주 그림이었을 텐데.

김 반장의 말에 이하는 굳이 답하지 않았다.

먼저 성을 포기하고 그곳에 함정을 설치한 후 자신들을 기다리는 전략을 취할 거라는 건 이하도 예상하지 못했었다.

'내가 갔어도 별수 없었겠지.'

프레아 외 3인 중 이하 자신이 포함되었다 해도 그것을 완벽히 간파할 수 있다는 자신은 없었다. 〈꿰뚫어 보는 눈〉이라고 모든 걸 밝혀내는 건 아니니까.

'그럼 이제 엘리자베스 잡고 가는 방법밖에 없나? 카일도 상대해야 할 텐데. 마왕의 조각을 언제 찾을 수 있지? 고작 79

일 남았는데, 이젠 시티 페클로가 목표도 아니야!'

애당초 목표는 시티 페클로였다.

엘리자베스를 잡든, 침투를 하든 시티 페클로에서 추가 정보를 알아내고자 했던 게 〈신성 연합〉의 목표였다.

그러나 시티 페클로 자체가 사라져 버리면? 마왕의 조각들이 숨은 위치는 어떻게 찾을 수 있을까.

그것도 치요와 카일을 상대하는 도중에 해야 하는 일이지 않은가.

그 일에만 시간을 오롯이 쏟아도 79일은 부족할지 모른다. 그런 와중에 '엘리자베스 사살'부터 끝을 내야만 일을 시작할 수 있다고?

갑작스러운 목표의 상실로 인해 이하의 머릿속에서 모든 계획이 엉키고 있었다.

이하가 여전히 충격에서 벗어나지 못하고 있을 때, 김 반장은 자리에서 일어났다.

"반장님?"

"뭘 꾸물대? '그쪽'이 실패한 이상, 당장 사용할 카드는 너 하나밖에 없는 거 몰라?"

"그, 그거야 그렇지만—."

"어쨌든 머리 좋은 인간들이 많으니까 분명 여러 가지 수가 나올 거다. 재정비 시간이야 좀 필요하겠다만, 우리는 우리의 일을 하면 돼."

이런저런 계획이 꼬인다? 아니, 꼬아서 생각할 필요도 없다.

그쪽은 그쪽대로 하게 두면 된다. 그리고 이쪽은 이쪽대로 움직이면 된다.

처음부터 '이쪽'의 목표는 오직 하나, 엘리자베스 사살뿐.

이하는 눈을 끔뻑였다. 그의 표정이 점점 평소대로 돌아오고 있었다.

"그렇죠. 애당초 투 트랙으로 굴리자고 했던 건 저였으니까."

〈신성 연합〉이 이대로 이하의 성공만 기다릴 리는 없다.

람화연과 라르크는 반드시 다른 방법을 찾아, 치요를 추격할 기틀을 마련할 것이다.

"그래, 이 셰끼야. A 전장에서 아군이 당했다고 B 전장까지 사기를 잃을 필요는 없는 거다. 우선 엘리자베스가 노리는 타깃들 거처부터 한 바퀴씩 돌아보자."

어느 때보다도 큰 압박감이 느껴져야 당연한 것이다.

그럼에도 어쩐지 이하는 부담을 갖지 않았다.

"넵, 반장님."

자신 있는 발걸음으로 주점 밖을 향하는 김 반장의 등이 이하에게는 크게 느껴졌다.

그렇게 주점 밖으로 나가려는 이하에게 누군가가 다가왔다.

"하이하 님이시죠? 지금 밖으로 나가시면 곤란할 겁니다."

"누구—."

"쉿."

후드를 뒤집어쓴 인물은 이하의 팔을 잡으며 그의 입을 막았다. 젤라퐁의 촉수가 반사적으로 튀어나올 정도로 빠른 움직임이었다.

그의 덩치는 이하보다 컸다. 그러나 기습으로 움직인 속도는 카렐린이 연상될 만큼 빨랐다.

"음? 이하—."

갑작스런 소음에 뒤를 돌아본 김 반장은 즉시 자신의 무기를 쥐었다. 장전을 하려던 그는 더 이상 움직이지 않았다.

미소년 미야우는 괜스레 뒷짐까지 지며 여유를 보였다.

그 모습까지 보고 나서야 이하도 어렴풋이 알 수 있었다. 이 자가 공격할 목적이 있었다면 김 반장이 저렇게 행동할 리가 없지 않은가.

'젤라퐁, 멈춰. 날 공격하려는 게 아니야.'

젤라퐁이 저항을 멈추자 괴인은 이하의 입에서 손을 뗐다.

여전히 이하의 팔을 붙잡고 이동 중이었지만 이하도, 김 반장도 그의 뒤를 따라 움직였다.

그는 주점의 2층 계단을 향해 올라갔다. 바텐더 겸 주인 NPC는 그를 한 번 흘끗거렸을 뿐, 그를 제지하지 않았다.

그 시점에서 이하와 김 반장은 앞선 자가 이 주점과 관계가 있다는 걸 알 수 있었다.

'성스러운 그릴? 아니, 정보원이야 곳곳에 퍼져 있겠지만 굳이 이런 행동을 하진 않을 텐데……'

하물며 정보원쯤 되는 NPC라면 샤즈라시안 소속 국가에서 눈에 띄는 행동을 할 리가 없지 않은가.

계단을 올라간 자는 방문을 열고 들어가 문을 걸어 잠갔다.

후드를 조심히 벗자, 그곳에서 고운 선의 얼굴이 드러났다.

"여성?"

처음부터 목소리가 중성적이라고 느꼈으나, 후드를 뒤집어 쓴 체격이 이하보다 조금 더 컸고 힘도 강했으므로 당연히 여성이라는 생각은 하지 못하지 않았던가.

게다가 이하보다 머리 하나 정도 더 크면서도 훨씬 앳되어 보이는 얼굴이었다.

"이하야?"

김 반장은 이하를 바라보았으나 이하는 고개를 저었다.

사람 얼굴을 완벽하게 기억하는 건 아니지만, 눈앞에 있는 여성은 이하도 처음 보는 인물이었다.

그녀는 살금살금 창가로 향해 창밖을 바라보았다.

2층 창문을 잠시간 응시한 후, 그녀는 커튼을 쳤다.

"죄송합니다. 먼저 말씀을 드리고 싶었지만— 두 분의 대화를 저도 듣고 있다가 그만, 말씀드릴 타이밍을 놓치고 말았습니다."

그러곤 이하와 김 반장을 향해 고개를 푹 숙였다.

정작 두 사람은 서로 눈빛 교환만 두어 번 했을 뿐, 여전히 그 의미를 이해하지 못했다.

"저기, 혹시 제가 아는 분인가요? 그, 유저……?"

애초에 유저인지 NPC인지도 구분하기 힘든 이 여자는 누구지?

이하를 바라보던 여성의 얼굴이 곧 발갛게 달아올랐다.

그녀는 황급히 손사래를 쳤다.

"아, 그러시죠! 저를 모르실 겁니다, 죄송해요, 제 소개부터 했어야 했는데 너무 마음이 급해서—."

"괘, 괜찮습니다."

발까지 동동 구르는 거구(?)의 여성을 보며 이하는 잠시 멍한 상태가 되었다.

잠시간의 소란을 떤 후에야 그녀는 마음을 가라앉히고 이하를 향해 허리를 숙였다.

"우선 사과부터 드릴게요. 하지만 밖에 국경 수비대가 도착했다는 소식을 들어서……. 하이하 님을 주점 밖으로 내보낼 수가 없었어요."

"네?"

"국경 수비대? 이하, 너 뭐 잘못했냐?"

"아, 아뇨. 지난번에 수도도 같이 다녀왔고 그 이후로 아무 일도 없었는데— 카렐린 씨가 뭘 했나? 아니, 아닐 거예요.

마탄의
사수

아무리 저희를 방해하려고 해도 그랬을 리가……."

김 반장의 물음에 이하는 도리질을 쳤다. 적어도 동맹국 샤즈라시안에서 자신이 미움을 샀던 기억은 없지 않은가.

이하가 엘리자베스를 사살하는 걸 막기 위한 카렐린의 술책이라고 보기에도 조금 황당했다.

"맞습니다. 카렐린 때문은 아니에요. 하지만…… 하이하 님은 샤즈라시안에서 함부로 돌아다니실 수 없어요."

여성은 이하와 김 반장의 대화를 들으며 끼어들었다. 두 사람이 집중하자 여성은 진지한 얼굴로 이유를 말해 주었다.

"적어도 샤즈라시안의 절대다수를 차지한 민족, 자이언트 '크라바비'에게는 톡톡히 미움을 사셨으니까요."

"아……!? 아아! 그거—."

"샤즈라시안 연방 정부의 공식 감시 대상이라는 건 이미 공공연한 비밀입니다. 다른 민족들이야 크게 관심 갖지 않더라도, 크라바비 민족들은 기를 쓰고 하이하 님의 행보를 조사, 보고할 거예요."

이하는 황급히 업적 창을 열었다.

〈업적: 샤즈라시안 연방 정부의 감시 대상(A+)〉

보상: 민첩 +8, 체력 +5, 정신력 +5

해당 국가 모든 영토에서 경비병 이상 NPC에게 적발 시 매 공적치 -500

'경비병 이상의 NPC……. 그렇구나. 그때야 카렐린 씨가 함께 있어서 봐줬던 거고— 나 혼자 샤즈라시안을 돌아다닐 때는 문제가 되는 거야!'

이 업적을 획득한 후로 샤즈라시안의 도시다운 도시에는 들어가 본 적이 없었기에 알 수가 없었다.

피로트-코크리의 흔적을 찾으러 샤즈라시안의 최북단을 넘어간 적은 있었지만, 그때에도 작은 마을 단위, 경비병도 없이 치안대나 민병대 몇몇이 있는 마을을 거쳤을 뿐이니까.

"이 세끼, 아주 수배범이구만?"

"어후우우, 이렇게 적용될 줄은 몰랐습니다. 이제 와서 이런 게 발목을 잡을 줄이야!"

국경 수비대라면 일반 경비병 이상의 NPC다. 이하도 살금살금 다가가 창문 너머를 살폈다.

단순히 수비대만 있는 게 아니라 갑주부터 다른 자를 확인했을 때는 더욱 우울한 감정이었다.

'수비대장급……. 그 정도의 '요직'이라면 당연히 절대다수를 차지한—.'

크라바비 민족의 자이언트라고 봐야 한다.

호들갑을 떠는 이하를 보며 김 반장은 혀를 찬 후, 다시금 여성을 바라보았다.

"그나저나 이런 수배범 세끼를 도와주는 그, 아가씨는……."

"제게는 영웅이시죠."

"영웅? 아가씨도 자이언트 같은데? 그, 크라— 어쩌고 아뇨?"

"아! 그러게요."

창가에 있던 이하도 김 반장의 말을 들으며 여성을 바라보았다.

자이언트 종족치고는 오히려 작은 편(?)이라 '키가 큰 여성'이라고 생각했으나, 실제로 여성 유저나 NPC 중 이 정도 체격을 자랑하는 자는 없었다.

여성도 딱히 부정하지 않은 채 미소를 짓고는 이하를 똑바로 바라보았다.

"정확히는 하프 자이언트예요. 마리예츠 민족의 하프 자이언트 '다므라'라고 합니다."

"하프 자이언트……."

그제야 이하도 그녀가 자신에게 호의적으로 대하는 이유를 알 수 있었다. 그녀는 이하를 향한 친밀도가 90%를 상회하고 있을 테니까.

〈업적: 샤즈라시안 소수 민족의 영웅(S-)〉

축하합니다!

당신의 이름은 과거 연방이 되기 전, 소국가 출신 민족들에게 오르내리고 있습니다. 샤즈라시안 연방의 패권을 쥔 대다수의 자이언트들은 탐탁지 않게 생각하겠지만, 알게 모르게 그들이 자행하던 핍박과 차별을 철폐시키기 위해 노력한 자로서, 소국가 출신 민족들은 당신을 기억할 것입니다.

　　보상: 근력 +7, 민첩 +7, 지능 +7

　　샤즈라시안 소속 자이언트 외 인종 NPC의 환대

　　샤즈라시안 소속 자이언트 외의 인종 NPC와 친밀도 +30%

　　〈샤즈라시안 소수 민족의 영웅〉 업적의 첫 번째 등록자입니다.

　　효과: 근력 +14, 민첩 +14, 지능 +14

　　샤즈라시안 소속 자이언트 외의 인종 NPC와 친밀도 +60%

기억조차 제대로 나지 않던 업적에 의해 방해를 받고 또 도움을 받게 된 이하였다.

"허어, 하긴 니 세끼가 시모와 싸운다고 까분 적이 있었지. 맞아, 그 직후에도 난리가 났었다는 글을 본 적이 있다."

김 반장도 이하와 다므라의 이야기를 들으며 고개를 끄덕였다.

당시 시모와의 저격전을 대비하기 위해 이하는 김 반장을 찾았고, 김 반장은 이하가 어떻게 일을 마쳤나 궁금해 인터넷을 찾아본 적이 있었다.

"흐음, 그 정도라면 공적치만 깎이는 정도가 아니라 때에 따라선……."

"수감……까지 갈 수도 있겠죠. 다만 시기가 시기니 카렐린 씨한테 이야기하면 풀어는 주겠지만—."

"대신 협상안을 들고 오겠지. 자기 이름으로 엘리자베스를 죽여 달라고."

"굳이 이런 권모술수까지 쓰는 사람은 아니지만, 굴러들어 온 떡을 놓칠 사람도 아니니까요."

카렐린은 아마 이하가 이런 상황에 처했다는 사실도 모를 것이다.

그러나 이하가 수감되었다는 사실을 알게 된다면?

그 상황을 이용하지 않을 정도로 착하고 순수하기만 한 사람도 아니다.

이하도, 김 반장도 팔짱을 끼곤 고민했다. 향후 엘리자베스 사살을 위한 추적 활동은 어떻게 해야 하는가.

애당초 먼 거리도 아닌 곳에서 저격을 할 그녀이기에 당연히 도시 근방에서 잠복하는 형태가 될 확률이 높은 지금, 경비대 이상의 NPC에게만 걸려도 수감 가능성이 있다면 상당한 차질이 생기는 셈이다.

'내가 홀로 보고, 이하 놈이 때에 맞춰 와야 하나…….'

'당장 1순위 타깃만 셋인데, 반장님 혼자 세 도시를 다 커버할 수는 없을 거야.'

두 사람은 굳이 말하지 않아도 같은 방향을 잡고 있었으나 쉬이 입을 떼지 못했다.

더 나은 방법은 없을까. 고민하던 김 반장이 먼저 다므라를
바라보았다.

"그런데 하프 자이언트라는 종족도 있습니까?"

"아, 그러게요. 저도 처음 들어 보는데……."

이하도 그제야 다므라에게 관심을 갖게 되었다. 다므라는
쑥스럽다는 표정으로 고개를 끄덕였다.

"많지는 않지만…… 샤즈라시안에는 있지요. 아버지가 인
간이세요. 제가 알기로 인간과 미야우, 인간과 우드 엘프의 혼
혈도 있다고 들었는데."

"흐음, 하프 엘프는 들어 본 것 같기도 하고……."

김 반장의 혼잣말에 이하도 고개를 끄덕였다.

그 수가 많지는 않으나 혼혈 종족이 아예 없었던 건 아니다.
다만 이하의 퀘스트 흐름상 마주칠 기회가 거의 없었을 뿐.

당연히 플레이어블 종족은 아니었다. 오직 NPC로만 존재
할 수 있는 소수 종족이었던 것이다.

'엄밀히 보자면 크라벤 왕국의 드레이크 선장도 비슷한 경
우지. 인간과 인어의 혼혈이니까. 심지어 그 인어도 물의 정
령왕의 화신 같은 개념이니, 원.'

가장 유명한 혼혈 NPC에 대해선 알고 있으면서도 정작 일
반 NPC 중에는 없을 거라고 단정 짓다니.

이하도 새삼 자신의 좁은 식견을 반성했으나, 김 반장이 다
므라에게 하프 자이언트 운운하며 말을 건 것은 그런 이유 때

문이 아니었다.

"아마 이 셰끼가 국경 수비대에 걸리지 않도록 도와주시고 한 거 보면— 어느 정도 '이번 일'에 대해 알고 있기도 하다는 의미 같은데. 맞나요?"

엘리자베스 사살 건에 대해 아느냐.

김 반장의 질문에 다므라는 고개를 끄덕였다.

김 반장은 재차 질문했다.

"즉, 이번 일을…… 이 셰끼가 무사 처리할 수 있도록 돕겠다는 의지가 있다고 봐도 되는 겁니까?"

지금 한 건에 대해서 돕는 것이냐, 끝까지 돕는 것이냐.

다므라는 김 반장의 질문을 받고는 곧 이하를 바라보았다.

"물론 끝까지 도울 겁니다. 그것도 저희 마리예츠 민족뿐만이 아니라, 샤즈라시안의 모든 소수 민족이 하이하 님을 도울 거예요. 적어도 저희 마리예츠와 판린드를 비롯하여, 교류가 있는 33개 소수 민족의 원로들의 동의는 받았습니다."

"서른 세 개 소수 민족이요? 갑자기 왜……?"

이하는 잠시 이해할 수 없었다. 미들 어스의 친밀도 시스템을 잘 알고 있기에 갖는 의문이었다.

90%의 친밀도로 이 정도의 호의를 기대할 수는 없다.

다므라는 빙긋 웃었다.

"하이하 님께서 얼마 전, [선언]을 해 주셨다죠?"

Geschoss 2.

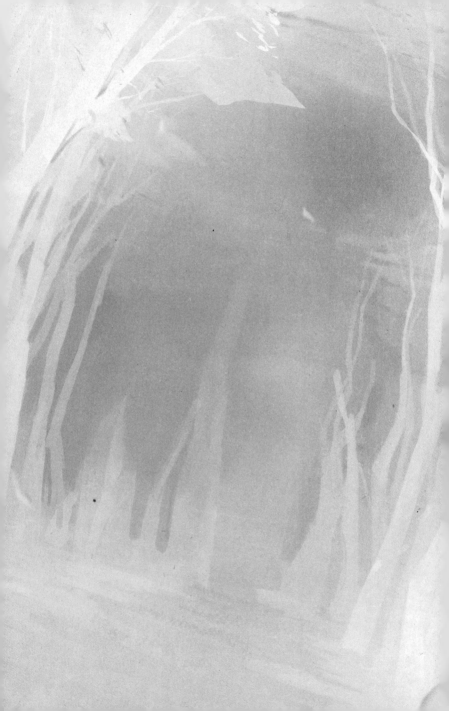

"선언이라면—."

"판린드 민족 영웅의 후예 이름으로. 〈하얀 사신〉이 되신 하이하 님이 판린드의 이름으로 엘리자베스를 사살하겠다고요."

"아."

카렐린과 짜르를 제외하면 누구도 없다고 생각한 그 장소의 이야기가 어떻게 퍼졌을까.

다므라는 잠시 손짓했다.

아무것도 없다고 생각했던 공중에서 반투명의 새 한 마리가 그녀의 손가락에 앉았다.

'정령—이라기보다는, 드루이드 직업인가.'

'드루이드라도 실제 생명체를 기반으로 할 텐데……. 저건 뭐지?'

김 반장과 이하는 그녀의 스킬이 무엇이지 궁금했으나 물어볼 여유는 없었다.

　어쨌든 저 스킬을 활용해 이야기를 엿들었다는 뉘앙스는 파악할 수 있었다.

　다므라는 다시 말을 이었다.

　"저희도 얼마 전까지 나뉘어 있었어요. 서른세 개 민족이 제각기의 후보를 내세우려고 했습니다. 하지만 하이하 님이 나타나시며 저희의 생각이 변했죠. 하이하 님의 [선언] 한 번으로, 우리 모든 소수 민족들의 다툼이 사라진 겁니다."

　"후보? 후보는 무슨— 아니, 그보다 선언이라고 해 봐야 고작 그 정도밖에 말하지 않았는데, 어떻게 일이 그렇게 커질 수 있죠?"

　이하는 여전히 영문을 알지 못했다. 도대체 이 반거인 여성이 무슨 이야기를 하는 걸까.

　혹시 자신이 미처 듣지 못한 NPC의 이야기가 있었던 건가?

　'그럴 리가 없지. 미들 어스는 기본적으로 사람이 없으면 NPC들끼리 스토리가 진행되지 않아. 그것도 이렇게 큼지막한 사건이 어떻게 내가 모르는 상태에서 진행되는 거야?'

　이하는 고개를 갸웃거렸으나 실제로 이하가 모르는 일이 있었다.

　다만 NPC들끼리 어떤 일이 있었던 게 아니라, 이하 자신의 이름이 샤즈라시안에 어떻게 퍼져, 얼마나 힘을 지니고 있는지.

자신의 이름이 샤즈라시안의 NPC들에게 어떤 영향을 끼칠 수 있는지 정확히 파악을 못 하고 있던 것뿐이다.

그 '힘'을 정확히 파악하고 있던 자들은 [짜르]밖에 없었다.

다므라는 가볍게 웃으며 말했다.

"하이하 님께서 〈하얀 사신〉이 되어 전 대통령과 합의를 한 그 순간, 모든 소수 민족들이 당신에게 빠져 버렸으니까요. 저희 모두가 추앙하는 당신이라면, 공백의 샤즈라시안을 다툼 없이 메워 주실 수 있으리라 믿습니다."

"공백을—."

"메운다는 것은, 즉……."

이하와 김 반장도 다므라의 말 속에 숨은 의미를 찾아내었다.

"샤즈라시안 대통령 후보로 출마해 주세요. 우리 소수 민족을 대표해서."

짜르가 샤즈라시안의 일에 이하가 엮이지 못하게 막으려는 것도 바로 이런 이유였다.

"앗!?"

"대통령? 이 셰끼가 대통령이요?"

"그, 뭐냐, 추앙— 하니까 생각났는데…… 그거 맞나요?"

이하는 다므라를 보며 고개를 갸웃거렸다. 다므라는 조용히 끄덕였다.

〈업적: 악명 높은 과거의 악령(S)〉

축하합니다!

당신은 과거 미들 어스에서 악명을 떨쳤던 자의 이름을 물려받았습니다. 혹자는 당신을 피와 살육에 미친 살인자라 손가락질할 것이고, 혹자는 당신의 힘과 이름에 빠진 광신도가 될 것입니다. 그러나 어느 쪽이 되었든 한 가지는 확실합니다. 그들 모두 당신이 '과거의 악령'만큼 강하고 또 위대한 힘을 지녔다는 것을 인정할 수밖에 없다는 점이지요. 악명은 당신이 물려받았습니다. 그 악명을 어떻게 사용해 나갈지, 그것은 오롯이 당신의 손에 달렸습니다.

보상: 스탯 포인트 25개

긍정적 평가의 NPC들을 대상으로 '추앙의 대상'이 될 확률 증가

부정적 평가의 NPC들을 대상으로 '타도의 대상'이 될 확률 증가

〈하얀 사신〉이 되며 샤즈라시안 전역에 떨쳤던 이하의 명성.

샤즈라시안에서 박해받던 어느 소수 민족을 대표하는 영웅의 이름은, 당연히 소수 민족 NPC 전부에게 '긍정적 평가'를 받을 수밖에 없었다.

그 이후로도 티아마트와 싸우거나 〈백룡 전투〉를 겪는 등 로페 대륙 전역에 이하의 공통 명성은 얼마나 높이 치솟았는가.

매 순간순간마다 추앙의 대상이 될 확률은 높아지고 있었고, 카렐린의 앞에서 한 〈선언〉 덕분에 마침내 완벽하게 '추앙

의 대상'으로 자리 잡게 된 것!

일련의 흐름을 이해하게 된 이하는 여전히 황당하다는 표정이었으나, 김 반장은 몇몇 사건에 대해 이해할 수 있었기에 낮은 신음을 냈다.

"크흠, 짜르 놈들이 왜 '샤즈라시안과 관계없는 사람이다'라며 너한테 세뇌를 하려 했는지 알겠군."

성스러운 그릴과 카렐린을 통해 권력 구도를 알고 있기에 할 수 있는 추측이었다.

짜르는 샤즈라시안 모든 소수 민족 NPC들에게 '추앙의 대상'으로 추종받기 시작한 이하가 몰고 올 돌풍을 예측하고, 그를 떼어 내려는 작업을 시도했다고 볼 수 있었다.

이하 또한 모든 원유를 알게 된 후에야 허탈한 웃음을 지었다.

"하, 하하……. 일이 점점 커지네요, 반장님."

"끌끌, 원래 세상이 그런 거지. 네 맘대로 되는 게 아냐."

어서 엘리자베스를 잡고 카일을 죽이려던 이하는 자신도 모르는 사이, 샤즈라시안 연방에 깊숙이 관련된 상태였다.

그것도 발을 뺄 수조차 없을 정도로.

"하이하 님께서 원하신다면, 엘리자베스 사살과 관련된 모든 일을 돕겠습니다. 단, 확실하게 하이하 님께서 처리했다는 것을 꼭 공표해 주신다는 조건으로 말이죠."

다므라는 그런 이하와 김 반장을 보며 말했다.

이하의 눈앞에 홀로그램 창이 떴다.

[샤즈라시안 소수 민족의 비원悲願]

설명: 다므라는 샤즈라시안 소수 민족 연합의 대표로서 소수 민족의 영웅이 될 자의 자질을 시험하려 한다. 이미 소수 민족 대부분이 추앙하고 있는 상황이지만, '이후의 한 걸음'을 위해서는 반드시 공적이 필요하다는 것을 그녀는 알고 있다. "샤즈라시안 연방을 반 분열 상태로 만든 엘리자베스, 그녀를 처단하는 것이야말로 그 누구도 흠낼 수 없는 공적입니다. 그것을 반드시 하이하 님의 이름으로 해내셔야 합니다. 하이하 님께서 그 일만 해내신다면 저희는…… 완전한 하나의 공동체로써 하이하 님을 지원할 수 있을 겁니다." 타인의 데미지 추가 없이 엘리자베스를 사살토록 하자.

내용: 혼자만의 힘으로 엘리자베스 사살

보상: ?

선보상: 엘리자베스 수색과 관련된 소수 민족 전원의 도움

실패 조건: 타인의 힘을 빌려 엘리자베스 사살 시

　　　　　　　엘리자베스 사살에 관한 공적 피탈 시

　　　　　　　엘리자베스에게 사망 시

실패 시: ?

수락하시겠습니까?

'혼자만의 힘으로······.'

김 반장이 한 발이라도 공격했다간 무효가 된다. 만약 퀘스트를 실패한다면 하나로 뭉치려는 소수 민족들이 이하를 등질지도 모른다.

하지만 이미 국경 수비대 등에 의해 움직일 수 없게 된 상황이 아닌가.

'어쩔 수 없군.'

어차피 엘리자베스와의 저격은 한 발 싸움이 될 확률이 크다. 무엇보다 도움의 조건은 '추가 데미지'이므로, 그 외의 사항에 관해서는 허용하겠다는 뜻이지 않은가.

이하는 고개를 끄덕였다. 선보상까지 나온 마당에 이 퀘스트를 거부할 이유는 없었다.

"아닌 밤중에 홍두깨도 아니고······. 아니, 그냥 홍두깨 맞나."

여전히 샤즈라시안의 국경 도시의 주점 2층에서, 이하는 침대에 걸터앉아 중얼거렸다.

"뭐라는 거야, 이 세끼. 정신 안 차려?"

다므라는 이미 나간 지 몇 시간쯤 되었고 이하와 김 반장, 두 사람만이 휑뎅그렇하니 남아 있는 상태였다.

"반장님, 근데 진짜 제 상황이 되어 보세요. 정신을 차리려

해도 차려 지지가 않는다고요."

"흐흐, 그래? 오랜만에 나랑 함 구를까?"

"아, 아님닷!"

이하는 일부러 군인처럼 답했다.

이하 스스로도 정신을 차려야 한다는 건 알고 있었기에 억지로라도 기운을 돋게 만들기 위함이었다.

"셰끼가 빠져 가지고⋯⋯. 아무리 그 소수 민족 어쩌고들이 이동 루트 다 잡아 준다지만 결국 싸우는 건 우리야. 정신 바짝 차리고 있어."

"알게씀다!"

다므라는 이하에게 '대통령이 되어 달라'는 말도 안 되는 부탁 이후 곧장 사라졌다.

그녀가 알고 있고 또 연락하고 있는 소수 민족 서른세 곳에 모두 알려 이하의 일을 전면적으로 돕기 위함이라고 했다.

이하는 도울 일 없냐는 그녀의 말에 엘리자베스가 1순위로 노리는 타깃들의 현 위치와 해당 도시 및 주변이 상세하게 나와 있는 지도를 구해 달라고 말한 후, 현재 이곳에서 대기 중인 것이다.

거기에 굳이 부탁하지 않아도 '크라바비 자이언트'의 눈에 띄지 않는 위치가 저장된 수정구까지 구해다 준다고 했으니⋯⋯. 이하로서는 어쩐지 맥이 풀리면서도 긴장되는, 묘한 감정에 휩싸일 수밖에 없었다.

'이래도 되는 건가. 아니, NPC들의 움직임이지만 어쨌든 나와 연결되어 있어. 엘리자베스는 반드시 활동할 거야. 근데…….'

이하는 한숨을 내쉬었다.

'진짜 이래도 되는 건가?'

샤즈라시안의 대통령이 되어라?

상상도 해 보지 못한 일이다.

퓌비엘, 미니스, 크라벤의 국왕과 거의 비슷한 수준의 힘을 지닌 자리에 자신이 선출된다니?

'소수 민족이라지만 33개 민족 전체로 따지면 결코 만만치 않을 수야. 거기에 내가 정말 엘리자베스를 사살하고 나면—.'

얼마나 더 이름이 퍼질 것인가.

다므라가 엘리자베스 사살에 이하를 적극 돕겠다고 한 것도, 이번 일까지 성공시켜야 대통령 후보로서의 존재감이 드러나기 때문이지 않은가.

너무 수가 많기에 계파까지 많은 크라바비 자이언트들이 표를 갈라 먹을 때, 소수민족들 사이에서 절대적인 지지를 받는 단일 후보로 자신이 나선다면…….

'그림이 돼. 젠장, 그림이 되는 게 문제라고!'

불가능한 일만은 아니다.

오히려 그게 이하를 더욱 압박하는 일이었다.

"김칫국 마시지 말고 시뮬레이션해라, 이하야."

"시뮬— 아, 넵."

"지금 네가 무슨 생각하는지 훤히 읽힌다. 그건 그때 가서 생각해. 엘리자베스를 잡은 다음의 일이다."

김 반장은 조용하게 말했다. 그러나 이하에겐 그의 한마디가 고래고래 소리를 지를 때보다 더욱 와닿았다.

실제로 샤즈라시안의 대통령 선거가 언제, 어떻게 될지 알 수 없다.

공청회의 2안도 미처 정리되지 않은 지금, 대통령 선거와 관련된 3안에 대해 벌써 걱정할 필요가 어디 있는가.

하물며 김 반장의 말처럼 기본 전제는 〈엘리자베스 사살을 본인이 성공리에 마쳤을 경우〉다.

당장 제대로 보이지도 않는 적을 상대하러 간다는 긴장을 해야 할 이 시점에, 마음이 꽃밭에 가 있다면?

"……후우우. 감사합니다, 반장님."

"오냐."

돌아오는 건 자신의 죽음뿐이다.

'지금 할 수 있는 최선은 기다리는 것. 그리고…… 가상의 엘리자베스를 상대하는 것.'

흔들리지 않는다.

주변에서 어떤 헛바람을 불어넣어도 흔들리지 않아야 한다.

'나도 저격수야. 풍향과 풍속을 읽어 내고 그 위에 탄환을 실어 보내는 게 내가 할 일이지.'

바람에 흔들리면 탄환은 목표물에 도달할 수 없다.

이하는 조용히 눈을 감고 심호흡을 시작했다.

마침내 김 반장도 옅은 미소를 지을 수 있었다.

다므라에게 연락이 온 것은 그로부터 약 4시간이 지난 후였다.

"하이하 님! 부탁하신 물건들과 함께ㅡ 엘, 엘리자베스의……."

하프 자이언트 NPC는 기쁜 표정으로 문을 열고 들어오다 말을 더듬었다.

그녀는 이하와 김 반장을 번갈아 보았다.

방 안에는 분명 두 사람이 있건만, 호흡 소리조차 들리지 않을 정도로 고요했다.

한마디도 없이 눈을 감고 있었던 두 사람의 눈꺼풀이 서서히 들렸다.

"흔적을 찾은 건가요. 아니, 흔적을 찾으셨을 리는 없고……."

"그, 그런 건 아닙니다. 하지만ㅡ 엘리자베스가 노릴 가능성이 높다고 알려 주신 의원 중 한 명이 움직이기 시작했어요. 공개된 장소에서 연설을 할 예정이라고 합니다."

엘리자베스가 활약하기 시작한 이후 웬만한 요직에 있는 자이언트 NPC들은 두문불출 상태였다.

모든 창문에 강철판을 세우고, 내부가 안 보이도록 하는 각종 조치를 취하며 자신들의 생명을 지키기 급급했다.

아무리 엘리자베스라도 그런 상태에서 저격을 할 수는 없을 거라는 게 이하와 김 반장의 판단이었다.

즉, 그녀가 저격으로 암살을 꾀하고자 한다면 목표물이 개활지에 모습을 드러냈을 때뿐.

이하는 다므라에게 1순위 타깃 중 움직임이 발생한 NPC가 있으면 알려 달라 부탁한 상태였던 것이다.

"공개된 장소, 연설, 하물며 성스러운 그릴에서 1순위 타깃으로 잡아 준 자이언트라면……."

"네. 이번에 나올 확률이 높습니다, 반장님."

김 반장의 말에 이하가 답했다. 두 사람은 어느덧 각자의 총기를 어깨에 멘 상태였다.

다므라는 자신보다 키가 약간 작은 이하를 보며 얼굴을 붉혔다.

수줍게 내미는 그녀의 손에는 두 사람분의 후드 달린 망토 및 수정구가 올려져 있었다.

"이제 시작이다. 무당벌레 한 마리도 놓치지 마라."

"알겠습니다. 반장님도 조심하세요."

"오냐."

이하와 김 반장은 동시에 텔레포트했다.

"멋져……."

홀로 남은 주점의 방 한편에서 다므라가 말했다.

그라드 볼가는 거대한 도시였다.

이곳에서 엘리자베스가 1순위로 노릴 만한 타깃은 전 대통령이 소속된 여당파의 거두 중 하나로, 세 명의 대통령을 옆에서 지켜보고 보좌했던 의원 NPC 자이언트였다.

"저거군."

"네. 주변에 호위는 열다섯……. 일부러 소로小路를 골라서 다니는 걸 보니 본인이 위험할 수도 있다는 걸 인지하고 있나 봅니다."

"벌써 여럿 죽어 나갔으니 당연한 거겠지."

목표물 인근 3층 건물의 옥상으로 텔레포트된 두 사람은 NPC들의 움직임을 살피며, 그들의 예상 경로를 그려 내고 추적하기 시작했다.

그 와중에도 이하는 의원 NPC의 호위들을 보며 작게 감탄하는 중이었다.

'투명 배리어……. 〈꿰뚫어 보는 눈〉이 아니었다면 못 봤을 거다. 일반적인 스킬이라면 반드시 스킬 효과를 나타내는 색상이 보여야 할 텐데—.'

그것이 나타나지 않고 있다는 건 특수한 처리를 했거나, 스킬 이펙트를 가리는 아이템 등을 모든 자들이 소지하고 있다는 뜻이다.

지금까지 이하도 거의 보지 못했던 아이템을 호위들에게 나눠 주어 사용하게끔 만들 수 있다는 것 자체가 이번 NPC의 '힘'을 보여 주는 것이리라.

'나에게 보인다면 엘리자베스에게도 보이겠지만…… 아마 길에서 저격을 하진 않겠지.'

좁은 골목으로 움직이므로 한자리에서 목표물을 관찰할 수 없다는 점.

현재는 호위들이 매우 가까워 배리어의 틈새 따위도 없다는 점.

그리고 완전한 은신에 대한 자신감을 내비쳤었다는 점.

세 가지 이유를 기반으로 이하는 엘리자베스가 목표물이 이동 중에는 공격하지 않으리라 확신했다.

설령 배리어를 깨부술 힘이 있다 해도 목표물에서 빗나가 버리면 당분간 저격 자체가 불가능해질 테니 결코 모험을 할 리가 없는 것이다.

김 반장 또한 이하와 같은 생각을 하고 있었다.

"지도 파악은 됐냐."

"네. 다므라는 분명히 시민 회관으로 연설을 하러 간다고 했었습니다. 그리고 시민 회관이라면 여기, 지도의 이 부분입니다."

"목표물이 이 건물로 들어간다면—."

"창이 난 방향은 세 군데입니다. 각 방향을 기준으로 엘리자베스가 숨을 위치로 추정되는 반경은 대략 이 정도, 그러나 목표물이 향후 할 행동을 생각해 본다면 햇빛을 등진 채, 자신의 지지자들에게 빛을 정면으로 바라보게는 하지 않을 것이므로 북측 창에는 커튼을 칠 겁니다. 당연히 커튼 뒤에는 암살 방어용 시설도 설치할 확률이 높죠. 따라서 동, 서 좌우의 방향, 즉, 저곳과 저곳의 언덕에서 노릴 확률이 높습니다. 그리고 현재 시간은 오후, 서쪽에서 동쪽으로 햇빛이 내리쬐고 있으니 해를 등지는 서쪽 언덕에 나타날 확률이 조금 더 높습니다. 엘리자베스는 스코프도 사용하지 않으니까요."

이하는 손가락을 슬쩍 뻗어 도시 주변의 언덕을 가리켰으나 김 반장은 그곳을 바라보지도 않고 물었다.

"강당 내부에서 저격할 확률은? 아니면 강당 내부가 들여다보이는 주변의 고층 건물."

"현재까지의 암살 습성으로 보아, 아무리 은신의 성능을 자랑한다 해도 그 정도로 과감한 행동은 하지 않을 것으로 추정됩니다."

"교과서적이군."

당황하지 않고 답변한 이하였으나 김 반장의 말에는 조금 말문이 막혔다.

스스로도 교과서적인 분석이라는 것을 어렴풋하게 느끼고는 있었기 때문이다.

"다른 곳일까요?"

"아니다. 교과서적으로 잘 분석했어. 아직 아무런 변수도 발견되지 않은 시점에서 예외의 경우부터 따지는 건 위험하다. 100점이야."

김 반장이 말한 건 부정적인 의미가 아니었다.

이하는 밝게 웃었다. 오랜만에 듣는 칭찬에 기분이 나쁠 리가 없었다.

"가자."

"네, 반장님."

5개 층의 높이와 옥상을 지닌 사각 형태의 시민 회관 앞에는 벌써 수많은 자이언트들이 모여 있었다.

시민 회관까지 굳이 들어갈 필요는 없으나, 목표가 되는 NPC가 어느 위치에 서는지는 확인을 해야 한다.

두 사람은 누가 먼저랄 것 없이 각자의 역할을 이해했다. 김 반장은 현재 있는 건물의 옥상 엄폐물을 찾아 그곳을 향해 쪼그려 걸었다.

"다녀오겠습니다."

이하는 가방에서 소음기를 꺼내어 블랙 베스에 장착했다. 목표는 30m 건너 시민 회관의 4층, 어느 방의 열려 있는 창문.

"빨리 파악하고 와야 한다."

"넵. 〈고스트 인 더 쉘〉."

딱―!

몇몇 자이언트들이 갑작스러운 딱총 소리에 주변을 두리번 거렸으나, 이하와 김 반장, 그 누구도 발견하지 못했다.

—로케이션 A, B 공히 움직임 없음. 동물도 보이지 않는 다. 타깃이 움직인다는 정보는 우리가 먼저 획득했으므로 미리 와서 대기할 가능성은 그리 높지 않음.

—알겠습니다. 하지만— 브라운의 경우, 모종의 방법으로 NPC나 유저들의 움직임을 즉시 확인이 가능했어요. 엘리자베스에게 그 기능이 없다는 보장은 없습니다.

—카피.

브라운처럼 대지를 통해 확인한다던가 한다면 엘리자베스는 이하와 김 반장이 수정구를 통해 도시에 들어왔을 즈음, 벌써 자리를 잡았을 수도 있다.

김 반장은 간단하게 답하곤 더욱 고개를 낮춘 채, 예상 저격 장소를 살폈다.

이하는 시민 회관부터 파악해야 했다.

주변엔 아무도 없었으나, 방심은 금물이다.

김 반장과 어느 정도 연락도 한 상태였으므로 그는 곧장 〈녹아드는 숨결〉을 사용하여 시민 회관을 빠르게 수색했다.

'2층은 절반 개방형. 오페라 무대처럼 생겼군. 1층은 전체 객석이고— 저기가 연단인가.'

특별히 배치된 강연대 따위는 없었다.

즉, 목표물 NPC는 단상 위를 걸어 다니며 연설을 할 가능성이 높다.

'바꿔 말하면 엘리자베스가 적중시키기 위한 난이도가 올라가는 거지. 역시 예상 창문은 동, 서 양측밖에 없다. 북측은—완전 가림막 판에다가 방어 시설까지 갖춰져 있어.'

커다란 커튼이 늘어져 있었으나 그 사이로 보이는 검고 단단한 외피가 어떤 용도인지는 충분히 알 수 있다.

이미 자이언트 NPC들이 착석하기 시작했고, 목표물과 그 호위 그리고 목표물을 보좌하는 NPC들까지 정신없이 돌아다니며 장내의 분위기를 잡아 가고 있었다.

'시작까지는 30분 남짓. 충분해.'

이하는 그대로 시민 회관의 1층을 통해 걸어 나온 다음, 시민 회관의 입구 기준 우측에 있는 건물 옥상으로 올라갔다.

역시 3층의 건물로 시민 회관과의 거리는 약 50m가량 떨어진 장소였다.

—반장님 기준 좌측 건물입니다.

—카피.

이하는 로케이션 A인 서쪽과 시민 회관의 정후방, 즉, 북쪽을 확인할 수 있다. 김 반장은 로케이션 A, B 모두를 확인할 수 있다.

예상 지점을 전부 맡기고 이하 자신은 예상외의 지점까지 직접 확인하려는 의도였다.

시민 회관을 기준으로 어느 방향에서 엘리자베스가 나와도 두 사람 중 한 명이 즉각 대응할 수 있는 자리에서, 이하는 〈카모플라쥬〉 스킬까지 사용한 채 엎드려 있었다.

—본식 시작은 약 30분 후, VIP가 연단에 오르는 시간도 동일합니다.

—확인, 현재 각 지점 움직임 없음.

—카피.

테러리스트를 막는 대對테러리스트의 심정이 이런 것일까.

묘한 긴장감이 돌았으나 심장이 빨리 뛰거나 흥분할 정도는 아니었다.

나름대로 미들 어스 내에서 산전수전을 다 겪은 이하의 경험이, 아직은 때가 아님을 말해 주고 있었기 때문이다.

김 반장과 이하는 한마디도 나누지 않고 그대로 주변을 살폈다.

완전히 자리를 잡은 이후부터는 두 개의 저격 예상 지점만 살펴선 안 된다.

약 80%의 신경은 예상 지점으로, 그러나 남은 20%의 신경은 시민 회관의 어디가 될지 모르는 지점을 샅샅이 뒤져야만 하는 것.

이하가 날카롭게 감을 살리며 혹여 주변의 은신은 없는지, 〈꿰뚫어 보는 눈〉을 적극 활용할 때, 김 반장이 말했다.

—근데 이하야.
—네, 반장님.
—사실 이런 구도라면 말이다. 저 NPC는 죽어도 되는 거 아니냐.
—네?

이하는 잠시 움찔했으나 김 반장 쪽을 바라보거나 하진 않았다. 눈은 언제나 적이 있을 법한 지점을 훑을 뿐이다.

김 반장은 이하의 순진무구한 물음에 피식 웃고는 자신의 생각을 말했다.

—저건 살아 있으면 카렐린에게 큰 힘이 될 거다. 뭐, 그래도 네가 대통령 자격을 얻네 마네 운운하는 부류들이 있을 정도인데……. 이 시점에서 카렐린의 오른팔이 될 만한 NPC는 죽어도 되지 않냐는 말이지.

집권 여당의 원로 격 정치가 NPC는 카렐린과 같은 편이다.

엘리자베스가 그를 죽이려는 것도 집권 여당의 힘을 약화 시키고 크라바비 자이언트들의 다른 계파를 부추겨 샤즈라시 안에 더욱 큰 혼란을 가져오기 위함이지 않은가.

즉, 엘리자베스의 목적이 되었다는 것 자체가 저기 있는 자 이언트 NPC의 '힘'이 얼마나 강한지를 알 수 있는 부분이기도 하다.

—게다가 네가 직접 죽이는 것도 아니고, 안 그러냐. 어차 피 엘리자베스급 저격수라면, 이미 발포한 다음에나 그 흔적 을 찾아야 하니까 어떤 의미로는 '어쩔 수 없는 일'이기도 하 지. 그건 네가 말한 부분이기도 하고 말이다.

김 반장의 제안은 분명 합리적이었다.

엘리자베스의 저격을 미연에 방지할 수 없다고 인정한 것 도 이하였으므로, 지금은 엘리자베스가 우선 NPC를 죽이도 록 두는 게 대국적으로도 이하 자신에게 이익이 되지 않는가.

이하는 한 치의 미동도 없는 움직임으로, 옥상의 먼지 하나 날리지 않도록 유지하며 잠자코 그의 말을 들었다.

—진심은 아니시죠? 자꾸 저를 시험에 들게 하십니다, 반 장님.

그러나 동의하는 건 아니었다.

김 반장의 입꼬리가 스르륵 올라갔다.

─교관이 하는 일이 그거지, 인마.

─누가 보면 사탄인 줄 알겠습니다.

─사탄은! 누가 사탄─ 이 세끼가.

어떠한 경우에도 흔들리지 않아야 한다.

저격수가 흔들리는 일은 외부의 요인보다 자신의 심리 상태에 좌우되는 경우가 많다.

지금은 아무런 생각도 하지 않고 오직 목표물에만 집중해야 한다.

그 점을 '이하보다 더' 잘 아는 자신이기에, 김 반장은 계속해서 이하를 훈련시키는 셈이었다.

대화는 그대로 끝났다.

두 사람은 다시금 호흡조차 조심스럽게, 엘리자베스가 나타날 예상 지점을 살폈다.

식이 시작될 때까지 남은 시간은 이제 약 3분가량.

'보이지 않는다. 혹시나 배리어마저 뚫어 버리며 총을 쏠 확률도 있다고 생각해서 여기에 자리 잡은 건데……. 그러진 않으려는 건가. 역시 A, B 양측을 볼 수 있는 곳에 갔어야 했을까.'

이하는 잠시 김 반장 쪽을 흘끗거렸다.

비록 미들 어스에서의 능력은 자신이 더 뛰어나겠으나, 현실의 저격수가 저곳에 있다.

이하는 호흡을 가다듬었다.

지금은 다른 장소에 신경 쓸 때가 아니다.

김 반장이 허튼소리까지 해 가며 자신을 뒤흔들었던 것도 언제나 마음을 다잡으라는 말을 하기 위함이지 않은가.

'기온은 낮지만 바람은 강하지 않아. 풍향은 남남동, 풍속은 4m/s. 저격에 아무런 문제도 없다.'

이하는 〈독수리의 눈〉 스킬을 활용하여 로케이션 A를 살폈다.

이제 약 80초가 더 지나면 식이 시작된다. 엘리자베스도 본격적인 저격을 준비할 시간이 되었다.

'어디냐? 언제 올 거냐?'

언덕 위에 흩날리는 잡초에도 신경을 써야 한다.

조금만 포복으로 기어도 짓눌리거나, 인위적으로 갈라지는 풀이 반드시 보일 테니까.

일반인이라면 아무리 눈에 힘을 줘도 찾을 수 없는 미세한 차이, 그러나 저격수에게는 현격한 차이.

특히나 역저격을 노리고 있는 이하와 김 반장에게는 비교적 익숙하다고까지 할 수 있는 숨은그림찾기다.

'매직 아이'는 처음 보기가 어려울 뿐, 한 번 보고 나면, 다음부터는 쉽게 보이는 거니까.

이하는 피가 차갑게 식어 감을 느꼈다.

시간이 다가올수록 흥분되는 게 아니라 오히려 차분해지는 습성이 어쩐지 편안하게 느껴질 무렵.

꺄아아아아아아악—!

시민 회관 내부에서 비명이 새어 나왔다.

'설마—.'

'말도 안 돼, 어떻게—.'

이하와 김 반장은 무슨 일이 일어났는지 본능적으로 알 수 있었으나, 두 사람은 서로를 바라보지도 않았다.

바라보는 곳은 오직 저격수의 예상 지점뿐.

"의, 의원님이 죽었어!"

"의원님이 저격당했다! 엘리자베스가, 엘리자베스가 근처에 있어!"

"당장 찾아라, 볼가 기사단 전원 수색 개시!"

대규모 소란과 함께 시민 회관 내부의 경비를 담당하던 도시의 기사단까지 우르르 쏟아져 나오는 상황에서도 이하와 김 반장은 흔들리지 않았다.

엘리자베스가 있다.

찾아야 한다.

'근데 어디서? 어떻게— 소리도 없이? 분명 나는 보고 있

었는데!? 이 정도 위치에서 반드시 나타날——…… 아.'

이하는 〈독수리의 눈〉 배율을 낮췄다. 그 순간, 무언가가 눈에 들어왔다.

김 반장도 마찬가지였다.

—이하야아아아아아!

—시민 회관 옥상입니다!

시민 회관의 옥상에서 새카만 실루엣을 드러낸 채, 그녀는 이하를 마주 보고 있었다.

이하는 곧장 그녀를 겨눴다.

〈다탄두탄〉을 사용하며 방아쇠를 당겨야 했으나 이하는 평소보다 반응이 늦고 말았다.

그녀의 손과 입 모양이 움직이는 것을 보았기 때문이다.

[창.문.으.로.]

그 말이 뜻하는 바가 무엇인가.

바로 그것을 알았기에 이하의 반응이 조금 늦을 수밖에 없었던 것이다.

타아아앙————————……!

"다, 〈다탄두탄〉!"

푸화아아아――――――――ㄱ!

김 반장의 총성이 우렁차게 울릴 때 이하도 부리나케 정신을 차린 채 스킬을 사용했다.

그러나 엘리자베스는 이미 5층 높이의 옥상에서 훌쩍 뛰어내린 상태였다.

―뭐 해, 이 세끼야! 정신 안 차려!

―죄송합니다, 반장님!

이하가 어째서 당황했는지 알 수 없었으므로 김 반장은 소리쳤지만, 이하는 여전히 어안이 벙벙한 상태였다.

'대미궁 어쩌고 했던 그 발언이― 거짓이 아니었어…….'

엘리자베스는 이하 자신이 시민 회관에 침투하기 위해 사용했던, '약간 열려 있는 4층 창문'을 가리키며 말하지 않았나.

'그 내부를― 심지어 층수까지 많은 그곳을!'

바꿔 말하자면 5층에서 수직으로 휘는 곡선을 그린 탄환은, 4층의 창문으로 들어가, 3층, 2층, 1층을 거쳐 목표물을 맞혔다는 말이다.

수없이 많은 자이언트들을 피해 가며.

이하는 전신에 소름이 돋는 기분을 느꼈다.

"저기, 건물 옥상에 누군가 있어!"

"찾아라! 엘리자베스 저격 참고인이 될 거야, 잡아 와!"

도시를 지키는 볼가 기사단의 자이언트들이 소리쳤다. 이하와 김 반장도 넋 놓고 잡힐 수만은 없었다.

—반장님, 엘리자베스는—.

—알아서 빠져나와라! 북쪽으로 뛴다, 쫓아!

—그, 그건 제가 드릴 말인데요?! 조심히 오세요!

이하와 김 반장은 곧장 뛰어내렸다. 4층 높이에서 아무런 주저 없이 행동하는 그를 보며 이하는 잠시 경악했다.

자신은 젤라퐁이 있다지만, 김 반장은 죽을지도 모르는 높이지 않은가!

"바, 반장님—."

"크억! 으헉, 헥!"

그러나 김 반장은 죽지 않았다.

1층의 차양 위로 떨어지며 그곳에서부터 두, 세 바퀴를 굴러 착지 후 즉시 일어난 것이다.

"무슨, 성룡 영화 보는 줄 알았어요!"

"미야우 종족이 아니었으면 죽었을 거다. 가자!"

미야우 종족의 특성 중 하나는 점프력이다.

당연히 높은 곳에서 뛰어내릴 때의 충격 완화도 결합된 것이므로, 가까스로 데미지를 흘릴 수 있었던 셈이다.

그럼에도 HP는 감소되었으므로 김 반장은 가방에서 포션 하나를 꺼내 마시며 달리는 중이었다.

"비켜요, 비켜!"

"나오십쇼! 다칩니다!"

두 사람은 자이언트 NPC들을 헤치며 달렸다.

나름대로 대도시였으므로 주변에는 NPC뿐 아니라 유저들도 있었지만, 그들도 상황은 제대로 파악할 수 없었다.

갑작스레 도시 내에서 벌어진 소란에 모두 어안이 벙벙한 상태였다.

"저 사람 하이하 아닌가?"

"그라드 볼가는 무슨 일이지?"

이하는 달려가는 와중에도 자신을 향하는 눈길과 목소리를 들었다. 따라서 곧장 물었다.

"여러분! 검은 실루엣의 여성은?"

"저쪽으로 가던데요?"

엘리자베스도 옥상에서 뛰어내렸다.

시민 회관의 옥상에서 언제부터 대기했는지 알 수 없고, 투명 상태로 그곳까지 온 것인지, 아닌지도 확신할 수 없었지만 이하는 본능적으로 느낄 수 있었다.

'역시. 투명 스킬을 곧장 쓰진 못했어. 스킬 상태로 뛸 수가 없거나, 또는 쿨타임이 길겠지!'

즉, 반드시 그 모습을 드러낸 채 지나갔을 거라는 점.

언뜻 간단한 발상이지만 정신없이 누군가의 뒤를 쫓아야 하는 와중에는 쉬이 할 수 없는 행동이었다.

김 반장과 이하는 자이언트 유저가 알려 준 방향으로 즉시 꺾어 달렸다. 대도시의 골목길은 수없이 많음에도 엘리자베스가 향한 방면은 대로였다.

"이하야, 어떻게 쏜 줄 알겠냐?"

"아래로— 그 창문으로 쐈대요."

"빌어먹을, 그 자리에서 쏜 거 맞지? 그럼 내가 생각한 그 '기능들'이 전부 적용됐다는 거지?"

김 반장은 헉헉거리고 있었다. 이하는 그제야 그와 자신의 스탯 차이를 떠올렸다.

김 반장에게 있어서 장기 추적은 무리일 것이다.

당장에 할 수 있는 점이라면, 엘리자베스의 특징에 대해 공유하는 게 전부다.

이하는 고개를 끄덕였다.

"알았다, 먼저 가라, 금방 쫓아가마."

"반장님, 스태미너는—."

"이미 오버 페이스야. 스태미너 오버 업적은 있지만— 속도가 안 붙으니까— 달려!"

김 반장은 이하의 등을 떠밀며 쓰러졌다.

아이스 스케이팅에서 선두 주자를 밀어 주는 역할을 하는 듯, 그는 바닥에 대짜로 누워 호흡을 고르기 시작했다.

"시발…… 하아, 현실이었으면……."

김 반장은 이하가 달려간 방향을 잠시 바라보다 자리에서 일어났다.

"저기 있다! 미야우 종족부터 잡아!"

"그라드 볼가의 모든 시민들은 협조 바랍니다!"

멀리서부터 볼가 기사단의 호령이 들려오고 있었기 때문이다.

지금 자신이 할 수 있는 최선이란, 결국 기사단이 이하의 뒤를 쫓지 못하게 막아 주는 것 정도가 전부이리라.

"휘유우우…… 당분간 샤즈라시안 공적치는 날아가겠구만. 쩝, 찰스인지 지랄인지 만날 수 있으려나."

김 반장은 곧장 노리쇠를 당기곤 허공에 한 발을 토해 냈다.

――――――――――――…….

"반장님!?"

이하는 움찔거렸으나 뒤를 돌아보지 않았다. 김 반장이 하는 일에 틀림은 없다.

지금 자신이 해야 할 일은 엘리자베스의 뒤를 쫓는 것뿐

마탑의
사수

이다.

　김 반장이 말한 엘리자베스의 '기능'에 대해 다시 한 번 생각하면서…….

Geschoss 3.

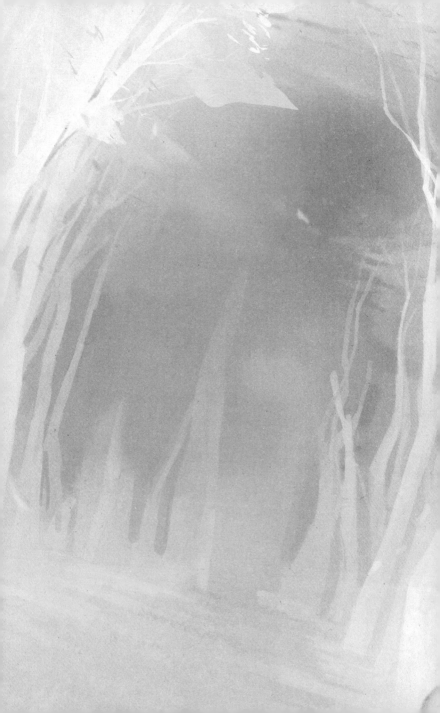

　도대체 몇 개의 곡선을 그리며 갔는지 알 수 없다. 중요한 것은 그 모든 것을 '보지도 않고 해낼 수 있었다'는 점.

　하물며 엘리자베스가 모습을 드러낸 것은 공격 직후가 아니라 약간의 딜레이가 있었다.

　즉, 은신 상태에서도 얼마든지 공격을 할 수 있다.

　무엇보다 이하에게 경악스러웠던 것은 총성조차 나지 않았다는 점이다.

　피격각을 예측할 수 없는 상대가, 탄두의 충돌과 총성의 시간 차를 이용하여 거리를 측정하는 '크랙-썸'도 적용시킬 수 없다는 의미다.

　'아니, 애당초 총성이 없으니까 어디 있는지조차 파악할 수 없어. 거리는커녕— 방향을 잡아낼 수도 없다고.'

거기에 스코프를 사용하지 않으므로 조준경의 반사광을 볼 수도 없다.

위치를 특정할 수 없고, 거리를 특정할 수 없다.

김 반장과 이하가 모두 놀란 '완벽한 저격수'의 조건을 모두 갖춘 자.

"엘리자베스!"

저 멀리 보이는 거뭇한 실루엣을 향해 이하는 소리쳤다.

지금까지 엘리자베스가 보여 준 능력들을 고려하자면 결코 놓쳐선 안 된다.

이번에 놓치면 앞으로 다시는 엘리자베스를 잡지 못할 가능성이 너무도 크다.

엘리자베스는 이하에게 답하지 않고 그대로 달렸다.

다만 아직까진 이하가 유리한 상황이었다.

그녀는 먼저 인파를 뚫고 나가야 하고 이하는 그녀가 뚫어 놓은 길을 그대로 달리면 될 뿐이었기 때문이다.

"엘리―."

이하는 다시 한 번 엘리자베스를 부르려 했다.

이름을 부르는 것 한 번으로 그녀가 동요한다면 조금이라도 발을 늦출 수 있지 않을까 하는 기대였다.

그리고 엘리자베스는 이하의 기대에 부응하듯 잠시 뒤를 돌았다. 자신의 양팔을 쭉 뻗은 모습으로…….

엘리자베스의 팔이 무엇인가.

새카맣게 변한 데다 팔꿈치서부터 하나로 합쳐진 그녀의 팔을 보는 순간, 이하는 있는 힘껏 좌측으로 뛰었다.

이하의 볼에 날카로운 바람이 느껴졌을 때.

카아아아아————————……!

이하가 달리던 자리의 바닥에서 불똥이 튀어 오르고 있었다. 그것이 의미하는 바는 금방 알 수 있었다.

'커브— 이렇게 완벽하게 직각으로……?'

엘리자베스는 자신의 안면을 향해 탄환을 발사한 후, 그대로 바닥을 향해 내리꽂히도록 〈커브〉를 먹인 것이다.

"항문으로 총알 튀어나올 뻔했네."

식겁한 감정을 경박한 말투로 추스르며 이하는 다시 달렸다.

어느덧 그라드 볼가의 외성 검문소의 앞까지 왔으나, 그녀가 성문을 벗어나는 건 문제도 되지 않을 것이다.

"끄아악!"

"컥!"

"역시, 총성은 없어."

세 번이나 확인했으면 더 이상은 의심의 여지도 없다.

갑작스레 경비원 NPC들이 죽어 나가자 유저들이 소란을 피웠으나 엘리자베스의 앞길을 막을 정도로 용기 있는 유저는 없었다.

그리고 그 시점 즈음에서 마침내 이하도 블랙 베스를 들어 올릴 수 있었다.

성문 밖으로 나가면 더 이상 방해가 될 사람은 없다.

더욱이 지금은 김 반장 덕분에 뒤를 쫓는 기사단도 없다.

"그렇다면 같은 생각이시겠지, 〈다탄두탄〉!"

이하는 우측으로 크게 도약하며 쿨타임이 다 돈 다탄두탄을 날렸다.

푸화아아아————————ㄱ!

역시 뛰자마자 이하가 있던 자리에서 불똥이 튀어 올랐다.

성문 밖으로 나간 엘리자베스 또한 곧장 뒤를 돌아 이하를 향해 격발했기 때문이다.

한 바퀴 구르고 일어나자마자 다시 엘리자베스를 향해 방아쇠를 당겼지만, 성문 밖에 방해물이 없다는 것은 즉, 엘리자베스의 움직임에도 제약이 걸리지 않는다는 의미다.

그녀는 마치 이하가 어디로 쏠 줄 안다는 듯 유연하게 회피기동을 했다.

엘리자베스는 성문에서부터 이어진 도로를 벗어나 설원을 향해 달렸다.

그라드 볼가에서 얼마 떨어지지 않은, 채석장들이 위치한 암반 지대가 이하의 눈앞에도 보였다.

그곳으로 가면 이하는 자신이 불리해진다는 걸 알았기에, 이하는 그녀의 발을 묶어야만 했다.

"빌어먹을, 치요도 아니고— 젤라퐁, 급정거!"

이하의 몸이 덜컥, 멈췄다.

인간이면 불가능한 수준의 급정거여도 젤라퐁의 촉수가 있다면 가능하다.

관성 에너지의 방해를 받지 않는다면, 정지 후 사격까지 걸리는 시간은 소수점 이하의 초 단위면 충분하다.

"〈커브 샷〉!"

투콰아아아————……!

이하의 총구는 조금 내려가 있었다.

그가 노리는 건 엘리자베스의 우측 하단에서 좌측 상단을 향해 통과하는 탄두의 궤적!

엘리자베스는 왼발을 축으로 몸을 회전시켰다.

순식간에 실행된 반전 자세로 인하여 탄환은 엘리자베스의 우측면이 있던 허공을 가르며 사라졌다.

"한 번 정도 휘는 것으론 어림도 없어, 아직도 그 정도 수준이라면 실망인데!"

이하는 엘리자베스의 눈을 보았다.

아직 발동되고 있는 〈독수리의 눈〉 덕분에, 약 250m 이상 거리가 떨어져 있어도 두 사람은 눈을 마주칠 수 있었다.

엘리자베스의 눈이 이하 자신의 우측을 향하는 순간, 그것이 탄두의 궤적이 될 거라는 것도 뻔한 일이었다.

이하는 곧장 앞으로 구르며 방아쇠를 당겼다.

"〈마나— 크악!"

[묘혹—]

그리고 등 뒤에서부터 느껴지는 막강한 충격을 받아 내야
했다.

앞으로 뛰려는데 누군가가 떠밀어서 넘어져 버린 느낌이
라니!?

반 이상 어두워진 시야로 눈 덮인 바닥에 널브러지면서 이
하는 눈치챘다.

'한 번 휜 게 아니다. 이번엔―.'

좌에서 우로 휘게 만든 탄환을 피하자 그것을 다시 좌회전
시켜 이하의 등을 노린 것이다.

젤라퐁이 잿빛으로 변해 있다는 게 그 증거였다.

이하의 반응을 '보고 나서' 탄환을 다시 휘게 만드는 반응
속도라니.

"으음? 안 죽었단 말이야? 그럼―."

엘리자베스의 목소리가 다시 들려오는 순간, 이하의 머릿
속에 한 가지 아이디어가 스쳤다.

젤라퐁의 기능에 대해 모른다.

지금 어째서 이하 자신이 살아 있는지 엘리자베스는 알 수
없을 것이다.

그렇다면?

천하의 엘리자베스라도 쏘는 순간만큼은 움직일 수 없으므
로 이하가 취할 길은 당연히 정해져 있었다.

"〈플래티넘 쉴드〉, 〈마나 증발탄〉!"

까아아아아————————○

이하의 머리는 하늘을 향해 치켜 올려져 있었다.

"끄으으윽—."

이마는 욱신거리고 시야는 아예 보이지 않을 지경이었다.

일격에 〈플래티넘 쉴드〉가 파괴되었고 HP까지 감소되었다는 의미였으나 아파할 틈도 없었다.

"〈포스 배리어〉."

사용할 수 있는 방어 계열 스킬은 모조리 사용하며 이하는 포션을 꺼내 마셨다.

흐릿하고 좁은 자신의 시야 속에서, 엘리자베스는 가만히 서 있었다.

그리고 그녀의 옆에 있는 눈밭에 생긴 점 하나를 보았다.

이하가 쏜 탄환은 그곳에 박혀 있을 것이다.

이하는 그녀를 보며 웃었다. 엘리자베스도 이하를 보며 웃고 있었다.

서로가 서로를 향해 총구를 겨눈 채였다.

"아마, 후우, 텔레포트는 못 하겠죠?"

"……역시."

이하가 〈마나 증발탄〉을 쏜 이유는 간단했다.

탄환의 궤적을 읽는 듯 피하고 있으므로, 신체를 노리고 쏘려 한다면 분명히 반응할 테니까.

그런 그녀를 상대하기 위한 방법을 찾기 위해서라도 시간이 필요해지고, 그렇다면 우선 도망가지 못하게 만드는 게 중요했기 때문이다.

"너는 이곳에서 죽여야겠어, 하이하."

엘리자베스의 올라간 입꼬리가 서서히 내려오기 시작할 때, 이하의 표정도 진중해졌다.

"그 말, 그대로 돌려 드리죠."

어디서, 어떻게 승부를 내야 하는가.

엘리자베스가 웃었다, 라고 느꼈을 때 이미 그녀의 모습은 사라진 후였다.

이하는 다짜고짜 옆으로 뛰며, 잿빛 상태에서 회복된 젤라퐁에게 외쳤다.

"젤라퐁! 엄폐물 찾아 줘, 빨리!"

프삭—…….

이하가 서 있는 눈밭에 탄환이 내리꽂혔다. 엘리자베스의 '투명화 스킬' 쿨타임이 다 돌았다는 의미였다.

젤라퐁에 의해 옮겨지며, 이하는 엘리자베스가 마지막으로 서 있었던 자리를 향해 소리쳤다.

"〈낯익은 두려움〉!"

슈와아아아…….

이하의 몸 앞에서 언캐니가 등장했으나 평소와 달리 그저 멀뚱히 서 있을 뿐이었다.

그러나 그거면 충분했다.

언캐니는 굳이 대상을 직접 공격하지 않아도 된다. 그와 눈을 마주치는 순간 효과는 발동하니까.

엘리자베스 정도 되는 사수라면 본능적으로라도 새롭게 등장한 무언가를 확인하기 위해 쳐다봤을 것이다.

[몽, 묘오오옹─!]

"응, 들려. 하지만─ 특정할 수 없어."

끄읏, 끄윽─! 꺼져!

벌써 암반 지대와 가까워져, 엘리자베스의 소리는 난반사로 인하여 곳곳에서 들려오는 것처럼 느껴졌다.

이하가 애초부터 이곳에 오지 않으려 했던 건, 총성을 100% 숨길 수 없는 자신이 엘리자베스에 비해 불리한 격전지가 될 걸 알았기 때문이건만…….

"우선…… 저 나무에 촉수 걸고 올라가자. 튀어 줘."

[몽!]

젤라퐁은 촉수들을 이용해 바닥을 크게 차며 이하가 가리킨 나무를 향해 날아갔다.

그렇게 공중에 뜬 이하의 뒤에서, 엘리자베스의 다른 외침이 들려왔다.

꺼져, 카일─!

최상급 공포의 정령을 통해 엘리자베스는 무엇을 보고 있
는가.

　　"친숙함이 돌연 변했을 때 주는 공포, 그 공포를 가장 효과
적으로 주는 존재……. 그게 엘리자베스에게는—."

　　카일?

　　이하는 뒤를 돌아보았다.

　　그리고 검은 피막의 날개를 펴고 공중으로 치솟는 실루엣
을 보았다.

　　"어?"

　　이미 언데드가 되며 피부색은 물론, 옷차림까지 전부 변한 그
녀였으나 지금의 변화는 이하의 상상을 초월하는 것이었다.

　　"저건……."

　　눈두덩이를 포함하여 안구까지 변해 버린 녹색은 그녀의
청회색 얼굴에서 가장 도드라져 보였다.

　　이하가 '그것'을 보았을 때 생각난 사람은 언젠가 날개를 보
여 줬던 유저들이 아니었다.

　　'키드가 했던 말이 이건가!?'

　　브로우리스는 키드와의 대화에서 '어떤 자극'을 받아, 스스
로 목숨을 끊었다.

이하도 엘리자베스에게 '어떤 자극'을 주긴 준 것이다.

다만 2페이즈 변형이라는 최악의 결과를 가져왔다는 게 브로우리스와의 차이일 뿐.

[하이하아아아아!]

"우왁, 잠, 잠깐— 젤라퐁, 회전, 회전!"

날아가는 와중에 젤라퐁은 촉수를 뻗어 땅을 쳤다.

이하의 몸이 뱅그르르, 돌려지는 순간 이하는 무릎 옆에서 시원한 바람이 지나가는 걸 느꼈다.

파사사삭—!

[묘오오오오—]

젤라퐁의 촉수가 잡으려 했던 나뭇가지들이 마구잡이로 부러져 나갔다. 엘리자베스가 쏘아 낸 탄환의 위력이 얼마나 강한지 알 수 있었다.

물론 촉수를 수십 개 뽑아낼 수 있는 젤라퐁에게 그 정도는 문제가 되지 않았다.

옆에 있는 나무의 기둥에 촉수를 감고 재빨리 이동함으로써, 이하의 몸은 성공적으로 안착될 수 있었다.

"엘리자베스……."

[감히, 감히 나에게 또, 그 얼굴을 보여 준 건가!]

주변의 암반 지대에서 무작위로 반사된 메아리로 인하여, 엘리자베스의 노성은 더욱 쩌렁쩌렁하게 울렸다.

'역시. 저 목소리는 두려움이나 분노…….'

그녀는 카일을 사랑하지 않았던가.

그 엄청난 모성애는 도대체 어떻게 된 거지?

아들을 위해 인류를 배신했던 모친은 어디 갔지?

이하는 그 순간, 엘리자베스와 카일 사이에 있었던 수많은 대화들이 떠올랐다.

엘리자베스가 정말 카일을 사랑했을까?

카일을 위해서 한 행동이었을까?

그리고 한평생 자식을 위해 손가락질 받으며 살다, 결국 모든 걸 잃고 죽어 버린 그녀의 심정은 어땠을까?

이하는 그것이 무한한 사랑의 발로라고 여겼었다.

〈낯익은 두려움〉에 의해, 엘리자베스라는 NPC의 가장 깊은 곳에 숨겨진 공포, 가장 '친숙한 공포'의 대상이 카일이라고 확정되기 전까지…….

'그게 아니었다는 건가.'

무한한 사랑이 아니라, 자신의 모든 것을 희생해야만 했던 한 여성의 절규를 들은 이상, 단순히 그렇게 생각할 수는 없었다.

'어쩌면 처음부터? 마탄의 사수라는 걸 알게 되었던 그때부터 — 아니, 카즈토르에게 당했던 그 순간부터…….'

엘리자베스는 카일을 저주한 것은 아닐까.

[퐁!]

"우왁!"

마탄의
사수

그러나 더 이상 생각할 시간은 없었다.

젤라퐁은 자동으로 얼마 안 되는 잡목의 군락을 여기저기 뛰어다니기 시작했다.

당연히 그때마다 들려오는 것은 나뭇가지가 부러지거나, 나무 기둥을 뚫으며 파편들을 흩날리게 하는 소리. 즉, 엘리자베스의 공격의 여파들이었다.

암반 지대에 있는 몇 안 되는 나무 정도로 완벽한 회피를 할 수는 없다.

그것도 모든 나무가 뿌리째 뽑혀 버리기 전에, 이하는 엘리자베스를 상대해야 했다.

"제기랄, 당하고만 있을 순 없어! 젤라퐁, 계속해서 움직여 줘, 나 신경 쓰지 말고!"

[뮹뮹!]

투콰아아아ㅡㅡㅡㅡㅡㅡㅡㅡㅡ……!

[이런 것으로 나를ㅡ.]

"〈다탄두탄〉!"

푸화아아아ㅡㅡㅡㅡㅡㅡㅡㄱ!

소총으로 비행체를 상대할 수 있는 방법은 역시 화망火網뿐이다.

한 발로 움직임을 강제하는 동시에 그녀의 이동 방면을 향해 다탄두탄을 쏘아 내는 이하의 대응은 완벽했다.

"빠르기까지……."

결과가 썩 좋지 않았다는 게 이하에게는 안타까운 점이었다.

엘리자베스는 날갯짓 몇 번으로 이하의 공격을 피해 냈다.

다만 회피하는 그 틈에는 이하를 향한 공격이 없었다는 점과 특별히 말도 하지 않았다는 점에서, 엘리자베스 또한 온 힘을 다한 것이라 추정할 수는 있었다.

'하지만 다탄두탄까지 피해 버리면 진짜 답이 없다. 영원히 맞출 수가 없는 건가? 게다가 공중에 저렇게 있으면 사격 범위도 너무 넓어져.'

좌우만 신경 쓸 게 아니다.

Z축의 상하 움직임까지 포함되는, 그것도 고작 500m가 채 안 되는 거리에서 탄환을 피해 버리는 생명체를 어떻게 맞출 수 있단 말인가.

엘리자베스는 여전히 공중에서 이하를 내려다보며 사격을 했다.

"제기랄, 저걸 어떻게 죽이라고—."

[너는 날 죽일 수 없어. 맞출 수도 없어.]

이하 또한 대응 사격은 하고 있었지만 엘리자베스를 맞출 수는 없었다.

〈커브 샷〉을 포함하여 마왕군 유저들에게 얻어 냈던 〈익스플로전〉 효과가 있는 각종 탄환까지, 얼핏 루거의 기술처럼 보일 만한 모든 종류의 공격을 쏟아부었으나 엘리자베스에게는 그 어떤 공격도 닿지 않았다.

그 와중에도 젤라퐁이 사망한 건 두 번.

그때만큼은 포션을 빠르게 삼키며 이하 스스로 구르고 뛰어야 했다.

'적어도 날개만이라도— 응?'

그렇게 세 번째로 젤라퐁이 사망했을 때, 이하는 엘리자베스가 암반 지형의 고지대로 날아가는 모습을 보았다.

다른 생각도 하기 전, 우선 한 발 쏘아 냈으나 뒤통수에도 눈이 달린 것처럼 그녀는 피해 냈다.

'빌어먹을, 어디로 가는 거지?'

두 사람의 공방은 그리 길지 않았다.

격렬한 공방이 약 3분여, 엘리자베스가 '2페이즈 형태'로 변했을 때부터 따져도 겨우 5분 남짓의 시간이었다.

"……지속 시간. 저 형태로 그리 오래 있지 못하는 거군."

빠른 비행으로 어느덧 산악—암반 지대의 상당한 고도까지 날아간 그녀는 곧 이하에게 보이지 않게 되었다.

어느 바위 뒤에 그녀가 숨어들어 갔을 거라는 건 당연한 사실이었다.

이하에게 미소가 지어졌으나 그것은 빠르게 사그라들었다.

날개의 지속 시간 따위가 어쨌단 말인가.

"투명화가 있지?! 젠장할, 젤라퐁! 젤라퐁, 일어나!"

[묘흥?]

"쫓아야— 꺽!"

[묘혹!]

자신의 좌측에서부터 오토바이가 치고 지나가면 이런 느낌이 들까. 이하의 몸이 붕 떠 날아갔다.

젤라퐁은 다시금 잿빛이 되었다.

바닥을 두 바퀴 구른 후 이하는 정상적인 나무도 없는 잡목림을 빠져나오며 외쳤다.

"〈할루시네이션: 바하무트〉!"

━━━━━━━━━━━━━━━━━!

휘광이 번쩍였다. 바하무트는 나오지 않았다. 나오자마자 엘리자베스의 탄환에 관통되어 사라졌기 때문이다.

그리고 조금 전까지 이하가 있던 장소에는 더 이상 아무것도 존재하지 않았다.

이하가 저 스킬을 사용한 것은 섬광으로 잠시 눈을 교란시키기 위함이었으니까.

'하아, 하아, 하아.'

바위와 자갈이 무수하여 발자국이 그리 많이 남지 않는 곳. 웅크려야 겨우 몸을 숨길 수 있는 자리에서 이하가 호흡을 고르고 있었다.

주변에는 아무런 소리도 들리지 않았다.

엘리자베스는 마구잡이로 공격하지 않고 있다는 의미가 되었으나, 동시에 그녀가 이동할 가능성도 있는 시간의 공백이었다.

'그렇다고 먼저 고개를 내밀 수도 없다. 최악의 경우라면 역시— 암반 지대 위로 〈스노우 스톰〉을 쓴 후 〈하얀 죽음〉으로 광범위 공격을 하는 건데…….'

과연 그 시간을 벌 수 있을까.

〈하얀 죽음〉의 스킬 이펙트가 조금이라도 새어 나가 그녀의 눈에 보인다면, 이하가 어디에 있던 엄청난 궤도를 그리며 탄환이 날아올 것이다.

공격 받으면 스킬은 취소, 젤라퐁에 의해 한 번 살 수 있다해도 연발로 날아온다면 답이 없다.

공격의 가능성은 완전히 사라지고, 그저 탄환을 피하는 춤을 추며 죽을 때를 기다리는 것밖에 없는 것이다.

'어떻게 해야 하지? 어떻게 죽이지? 내가 공격할 수 있는 건?'

블랙 베스를 쥔 이하의 손에 힘이 들어갔다.

냉기 저항이 있음에도 영하의 기온에서 차가워진 블랙 베스의 감촉이 손에 명확히 느껴졌다.

'한 발만 맞추면 돼. HP가 얼마나 될지 모르지만 한 발이면…… 음?'

그 순간, 이하의 머릿속에 무언가가 떠올랐다.

—이하야, 어디냐? 상황은?

—반장님! 안 잡히셨나 보네요?

때맞춰 김 반장의 귓속말도 들려왔다.

줄곧 암울하기만 했던 상황에서 들려온 그의 목소리는 이
하에게 왜인지 모를 힘이 되었다.

─세끼가! 내가 잡히겠냐!? 위치랑 상황 보고부터!

─넵!

이하는 김 반장에게 현재까지의 전황을 보고했다.

어떤 식의 전투가 있었고, 어떤 스킬에 엘리자베스가 무슨
반응을 보였으며, 지금 어떻게 대치하고 있는지까지…….

김 반장은 별다른 질문이나 토를 달지 않고 그 모든 이야기
를 들었다.

그 이야기에는 조금 전 이하 자신에게 떠오른 아이디어도
추가되어 있었다.

─맞출 방법은 그거밖에 없는 거냐?

김 반장의 목소리는 무거웠다.

밝았던 그의 목소리 톤이 내려간 만큼 이하의 승률도 내려
가 있다는 방증이었다.

이하 또한 입술을 지그시 깨물었다.

―아뇨. 맞출 방법은커녕……. 그냥 지금 잠깐 떠오른 것
뿐이에요. 실제로 된다는 보장도 없고, 무엇보다 그런 영화 같
은 일이 가능할 리가 없겠죠.

아이디어는 하나 떠올랐지만 그것으로 뭘 할 수 있단 말인
가. 엘리자베스를 죽이는 데 그런 도박 따위를 할 수는 없다.

―이 세끼가! 인마, 이건 게임이잖아! 영화보다 더 영화다
워야 하는 거 아니냐?
―그, 그거야 그렇지만……. 애초에 말씀드렸듯 전제가 불
가능하니까 그렇죠. 저는 저격수 아닙니까. 적어도 반장님께
배운 건 잘 지키는 놈이라고요.

그것도 목숨을 걸어야 하는 도박이라면, 확률을 계산조차
할 수 없는 일이라면 저격수가 도전해선 안 된다.
이하의 목소리에는 힘이 있었다. 그것을 김 반장도 알고 있
었다.

―그래. 저격에 관한 거라면 확실히 나에게 배웠으니까,
어딜 가도 빠지지 않지.
―그렇습다. 그러니까―.
―하지만 너는 저격수이기 전에 사수다. [쏘아서 맞히는]

실력만 놓고 보면, 너는 내가 본 사수 중에 제일이야.

─무슨, 네? 반장님?

이하는 갑작스러운 김 반장의 말에 당황했다.

아주 가끔씩 칭찬을 해 주긴 하지만 그건 모두 '자기보다 아래'라는 절대적인 전제를 두고 하는 말이 아니었던가.

원래 김 반장의 본심이 그랬다 하더라도 이렇게까지 이하를 높게 평가하는 말을 이하 자신이 들리게끔 말한 것은 이번이 처음이었다.

그리고 이하는 잠시 후, 그 이유를 알 수 있었다.

차박…… 차박…….

멀리서 들려오는 자갈이 비벼지는 소리.

─반장님!?

─기회는 많지 않을 거다. 잘 해라.

─무슨─ 제가 말씀드린 게 무슨 의미인지 이해하신 겁니까?!

이하는 당장이라도 소리치고 싶었다.

돌아가라고. 엘리자베스가 어디서 노릴지도 모르는 이 지역에 발을 들이면 안 된다고.

하지만 조금이라도 소리를 냈다간, 조금이라도 김 반장을 보며 손짓 따위의 행동을 했다간 엘리자베스가 볼 것이다.

들키는 순간, 이하가 이길 가능성은 0에 수렴한다.

—당연히 이해했지 인마.

—이해하셨는데 왜—.

—후우, 원래 인마, 현실에서도 이런 건 분대장이나 하는 일이야. 분대원인 너한테 시킬 수 있겠냐?

—……네?

자갈이 비벼지는 소리가 조금 더 커졌다고 생각했을 때, 김 반장의 비명이 들려왔다.

"끄아아아악!"

끄아아아아—.

끄아아아—.

암반 지대에서 마구잡이로 반사되어 울려 퍼지는 그의 비명 사이로, 쓰러지는 소리가 들려왔다.

—반장님!

—나오지 마! 사격 유도를 통한 저격수의 위치 확인! 기본 중의 기본이잖아!

—하, 하지만 그건 현실에서의 이야기잖아요! 탄도를 마음 대로 조종할 수 있는 엘리자베스를 찾아낼 수는 없다고요!

―그니까, 이 셰끼야…… . 네가 말했잖아.

―네?

"끄으으으……."
김 반장은 허벅지를 움켜쥐었다.

―엘리자베스가 쏘아 낸 〈탄환〉을 맞히겠다고! 저 탄자인
지, 뭔지가 엘리자베스의 본체 그 자체일 수 있다며!

이하가 낸 아이디어는 바로 엘리자베스의 총알을 맞춘다는
것이었다.

이하는 이를 악물었다. 분명 아이디어 자체로는 틀렸을 리
가 없다.

엘리자베스 스스로 말하지 않았던가.

저런 무제한의 커브 샷이 가능했던 이유 중 하나는, 바로 탄
두가 자기 자신이기 때문에 가능한 일이라고.

그렇다면 '본질'에 대해 타격을 입히는 블랙 베스는 어떻게
반응할까. 비록 따로 떨어져 나왔다지만 어쨌든 탄두=엘리자
베스라면?

'분명 거기서부터 발전시킨 생각이긴 하지만—.'

엘리자베스의 팔에서부터 쏘아진 탄환을 이하의 탄환이 정확하게 맞힐 수 있을 경우, 분명히 엘리자베스에게 타격을 입힐 수 있을 것이다.

거기까지 생각을 했을 때 이하는 이번 계획의 치명적인 약점을 발견했다.

애당초 엘리자베스의 탄두를 어떻게 볼 수 있을까.

자신이 조금만 꼬무락거려도 엘리자베스는 곧장 탄환을 쏘아 낼 것이다.

앞에서 다가올지 뒤에서 다가올지 옆에서 다가올지도 모르는 탄두를 '보고 반응'하는 건 불가능하다.

그즈음이면 이미 자신이 죽었을 테니까.

—확실히……. 엘리자베스가 김 반장님을 향해 쏘면— 어쨌든 제 위험은 낮아진다고 하지만—.

—괜찮아. 그리고 이미 벌어진 일이다. 실제로 엘리자베스는, 크으, 특급 저격수야. 내가 등장하자마자 너를 꾀어내려고 이 지랄하는 거 보면, 저년은 보통이 아니라고.

—알고 있습니다! 그니까, 제가, 초속 800m 이상으로 움직일 법한 탄두를 어떻게 맞히냐고요! 현실과 달리 여기는 총구 속도와 도달 속도가 큰 차이도 없지 않습니까, 반장님!

이하는 김 반장을 향해 말하자마자 깨달았다.

'아······.'

그래서 김 반장은 그런 이야기를 했던 것이다.

저격이 아니라, 쏘아서 맞히는 일이 무엇인가. 사수의 기본
이기도 하며 전부이기도 한 일이다.

그래서 김 반장은 가장 원초적이고 가장 근본이 되는 사격
실력에 대해 이야기했던 것이다.

총성도 없고, 궤적도 일정치 않고, 눈으로 볼 수조차 없는
속도의 총알을······.

이하 너는 맞출 수 있다.

이하를 믿고 있었고 자신의 몸을 희생함으로써 그 믿음을
증명했으니까.

울컥한 마음이 들려는 찰나, 김 반장의 목소리가 들려왔다.

—HP는 약 15% 닳았다. 같은 무기에서 이렇게 데미지를 들
쑥날쑥하게 만들 수 있겠냐? 이하 네 가정이 틀린 게 아닐—.

"흐으으읍!"

숨을 들이켜며 참는 김 반장의 누른 비명이 다시 한 번 울
려 퍼졌다.

또 한 발의 탄환이 그의 하반신 어딘가를 관통했다는 건 이
하도 알 수 있는 일이었다.

─괜찮으십니까!?

─HP 30% 감소, 후우, 이하야. 감정에 흔들리지 마. 나는 어차피 이런 일을 당해도 싸니까.

─네?

─어쨌든, 여긴 게임이잖냐. 동화율을 높여 놨다지만─ 고통만 있을 뿐 죽지는 않아.

─바, 반장님?

─그 사람들처럼…… 죽지는 않는다고.

김 반장의 말을 듣자마자 이하의 머릿속에 무언가가 떠올랐다.

김 반장이 군복을 벗은 이유, 파병에서 겪었던 일 그리고 이하를 믿는다지만 이토록 쉽사리 자신의 몸을 내줄 수 있는 이유…….

'거기서…….'

김 반장은 이것과 유사한 일을 경험했을 것이다.

단, 지금처럼 당하는 입장이 아니라, 누워 있는 '누군가'를 쏘는 엘리자베스의 입장으로.

게다가 복수 표현이라면, 이렇게 '미끼'를 활용한 저격은 한두 번이 아니었을지도 모른다.

'현실에서…….'

어쩐지 말문이 턱 막혀 버려 이하는 더 이상 아무런 말도 할 수 없었다.

이것은 그 나름대로의 속죄일까.

'아니, 반장님 성격상 속죄라고 믿지도 않을 거고, 그런 걸 바라지도 않을 거야.'

그저 고통의 공유, 아픔을 경험함으로써 자신에게 벌을 주기 위함일지도 모른다.

군복을 벗을 정도로 강직한 마음의 군인은 차라리 그런 마음가짐으로 현실의 총상과 50% 이상 동화되는 고통을 겪고 있으리라.

거기까지 생각이 닿자 이하의 마음도 차분해졌다.

―다음번 탄환이 반장님을 맞출 때, 조금 움직이겠습니다.

―그래.

그렇다고 무작정 움직일 수는 없다.

최대한 천천히, 주변의 자연환경을 하나도 변화시키지 않은 채 총구를 내밀고 시야를 확보해야 한다.

당연히 그럴 만한 기회는 김 반장이 '피격되는 순간'밖에 없다.

이하는 바위 뒤에서 서서히 자세를 낮췄다.

바위 뒤편에 있는 딱딱한 눈덩이를 떼어 내어 블랙 베스의 총열을 최대한 덮기 위해 노력했다.

완전히 뒤덮이진 않았으나 이곳이 암반 지대라는 게 이번에는 행운으로 작용했다.

'눈만으로 깔린 설산이었으면 절대 위장할 수 없었겠지만…….'

군데군데 잿빛 바위나 암석, 자갈이 드러난 지대다.

소리 반향으로 엘리자베스를 추적할 수 없는 페널티 대신, 이번엔 흑색 총기와 회색 망토를 입고 있는 이하에게 어드밴티지가 적용될 수 있다는 뜻이다.

"끄아아아앗!"

김 반장의 목소리가 다시 한 번 울려 퍼질 때, 마침내 블랙베스의 총구가 바위 옆으로 슬그머니 삐져나왔다.

입으로 숨을 내뱉을 수도 없을 정도로 조심스러운 움직임 속에서, 마침내 이하는 바닥에 널브러진 김 반장을 발견했다.

세 번 피격되고 현재 김 반장의 HP는 약 55% 선.

포션을 꺼내어 마시면 조금 더 버틸지 모르지만 완전 회복까지는 불가능하다.

오히려 출혈에 따른 HP 지속 감소를 고려했을 때, 김 반장이 버틸 수 있는 것은 세 발이 한계라고 봐야 한다.

'네 발째는 없어. 세 발 안에…… 맞춰야 한다.'

─반장님, 탄두 예상 크기는 어떻게 됩니까. 지금 상처가

보이긴 하는데…….

　—관통형, 아마도 탄자의 구경은 5.56mm 전후일 거다. 7.62mm였으면 출혈이 더 심했을 거고, 12.7mm였으면 다리가 뜯겨 나갔겠지.

　농담처럼 말하고 싶었겠으나 이미 그의 목소리는 상당히 떨리고 있음을 이하는 알 수 있었다.

　'침착하자.'

　기회는 세 번.

　목표물의 속도는 최소 800m/s.

　목표물의 크기는 폭 5.56mm.

　자신이 겪었던 것은 물론이고, 알고 있는 기준으로도 모든 저격 역사를 통틀어 가장 어려운 난이도의 시험을 앞둔 이하였다.

　심호흡만으로도 깔려 있는 눈이 흩날릴 가능성이 있다.

　얕은 숨을 천천히 내리쉬는 이하의 눈빛이 변했다.

　김 반장이 자신을 믿고 있다.

　이젠 자신이 믿으면 된다.

　이하가 가장 먼저 느낀 것은 엘리자베스의 격발 간격이었다.

　저격수들은 저마다의 격발 간격을 지니고 있다.

　제아무리 탄환을 자유자재로 조종할 수 있다 하더라도, 목표물에 맞히는 것이 목적인 이상, 자신의 호흡을 흐트러뜨릴 수는 없다.

'하지만…… 엘리자베스는 그것도 조금씩 빗겨 나가고 있어. 탄환을 공중에서 몇 번 휘게 만드느냐에 따라 도달까지의 시간 차가 생기기 때문이다.'

현실에서도 일정한 간격으로 탕, 탕하며 쏘는 게 아니다.

특히 '미끼'를 사용한 저격에서는 더욱 그럴 수밖에 없다.

무력한 적군에게 한 발을 추가로 발포했을 때, 적군의 동료들은 어디서부터 움직일 것인가. 언제 움직일 것인가를 고민해야 한다.

'또는 아예 움직일 마음이 없다면, 적군을 완전히 죽여 버렸을 때 반응이 나올 것인가.'

엘리자베스가 초보 저격수였다면 어떤 생각으로 움직이는지 이하가 파악하는 것은 불가능하다.

하지만 엘리자베스는 특급 저격수다.

자신이 알고 있는 가장 위대한 저격수, 김 반장이 직접 인정할 만큼의 실력과 전략을 지니고 있다.

그렇기에 알 수 있었다.

'곧 쏜다. 여전히 내 반응을 기다리고 있어. 아직 나를 발견하지 못한 거야.'

괴로워하는 김 반장과 김 반장 주변을 샅샅이 훑은 후, 다시 쏠 것이다.

그리고 예상되는 위치라면?

양쪽 허벅지를 쏴 하반신을 무력화시킨 다음은 어디를 공격할 것인가.

'기어가지 못하게 만들어야지.'

팔 또는 손. 상반신의 어딘가가 될 것이다.

후우우우…….

이하는 호흡을 가다듬었다.

김 반장이 사망하기까지는 세 번의 기회가 있다지만, 자신이 노출되는 경우를 생각하자면 가능한 초탄에 성공시켜야 했다.

엘리자베스의 총기와 달리 이하의 블랙 베스는 암반 지대가 쩌렁쩌렁 울릴 정도의 총성을 내뿜을 테니까.

"끄으으—읏."

김 반장은 자신의 가방을 문 채로 신음을 참고 있었다. 격통에 시달리는 그의 동화율은 얼마나 될까.

평소의 이하라면 가질 만한 의문이었으나, 지금의 이하는 그런 것조차 신경 쓰지 않았다.

하아아아…….

그는 오직 엘리자베스에게만 집중했다.

보이지도, 들리지도 않는 적과 완전한 일체가 되어야만 한다.

어디를 노리는지 명확하게 결정조차 할 수 없는 적의 탄환을 맞혀야만 한다.

블랙 베스의 총구는 누워 있는 김 반장의 오른팔 위를 노리고 있었다.

김 반장은 움직이고 있었다. 이하는 그의 얼굴을 보았다.

김 반장의 입술이 오물거리는 모습도 보였으나, 지금은 그의 말이 들리지 않았다.

두개골이 웅웅거리는 느낌 또한 아무렇지 않게 느껴졌다.

김 반장은 자신의 총기를 쥔 채 겨우겨우 몸을 뒤집는 중이었다. 하늘을 보며 누워 있던 그는 어느새 엎드려 쏴 자세를 취하고 있었다.

"젠장, 지금 니 세끼들이 여기 오면, 다 망한다고ー."

투덜거리는 김 반장이 사격 자세를 취해 겨눈 곳, 그곳에서 서른 명의 자이언트가 다가오고 있었다.

개중 스무 명 남짓은 김 반장이 얼굴을 아는 자였다.

그라드 볼가에서 자신이 따돌렸던 볼가 기사단의 자이언트 NPC들이었으니까.

남은 열 명 중에서도 두 명 정도는 김 반장이 알아볼 수 있는 얼굴이었다.

"ー짜르, 개ー세끼들!"

볼가 기사단을 이끌고 오는 짜르가 이곳에서 무슨 일을 하고자 하는지는 굳이 물어볼 필요도 없는 일이다.

다행스러운 점은 아직 저들이 자신도 제대로 발견하지 못했다는 것.

하지만 조금 더 다가온다면 자신을 발견하는 건 물론이고,

주의 깊게 주변을 살핀다면 이하도 발견할 수 있을 것이다.

어쨌든 엘리자베스와 달리, 저들은 그라드 볼가 방면에서 다가오고 있었으므로 이하의 엄폐물이 막아 줄 각도가 아니기 때문이다.

그러나 저들 중 한 사람이라도 이하에게 접근하려 한다면, 이하가 있는 방향을 쳐다만 봐도 엘리자베스에게 들킬 위험이 있다.

대략 어디 근처에 있을 것이다, 라는 정보만 읽혀도 이하는 기껏 빼낸 총구를 다시 바위 뒤로 숨겨야 할지도 모른다.

그들이 이하를 쳐다보지도 못하게 만들어야 한다.

그러기 위한 유일한 방법은?

짜르와 볼가 기사단을 향해 발포하는 일밖에 없다.

그들이 다가오는 것을 보자마자 김 반장의 머릿속에서 흐른 일련의 생각은 이제 곧 현실이 될 참이었다.

'이하 이 셰끼, 귓속말에 대답도 안 하고— 알고는 있는 건지.'

짜르와 볼가 기사단이 다가온다.

가급적 움직이지 말고 대기해라.

은신 스킬이 있다면 우선 사용부터 하는 게 좋을 거다.

엘리자베스에게는 들킬지 몰라도 저들에게는 안 들킬지도 모르지 않겠냐.

김 반장은 이하에게 실시간으로 정보를 전달 중이었으나

그가 기대한 답변이나 반응은 보이지 않았다.

그렇다면 김 반장 자신의 선택지는 하나밖에 남지 않는다.

쏴야 한다. 짜르와 볼가 기사단의 발을 묶어야 한다.

김 반장은 노리쇠를 잡아당겼다.

아직 사격에 대비하지 못한 저들에게 기습 공격을 한다면, 그들은 누가 자신을 쐈는지 인지하지 못한 채 몸을 숨길 것이다.

그리고 총성이라면 이하도 자신의 말에 집중하겠지.

김 반장은 이제 완전한 엎드려쏴 자세를 취했다.

허벅지 아래로 느껴지는 감각이라곤 그저 불에 타는 듯한 고통뿐이었지만 그래도 멈출 순 없었다.

'흐, 흐흐흐……. 5.56mm 탄환으로 동화율 80% 수준이 이 정도라니. 내가…… 내가 썼던 것보다 훨씬 작은 건데도…….'

겪어 보지 못한 자는 알 수 없는 아픔.

허벅지의 고통보다 더욱 따가운 것은 김 반장의 심장이었다.

아픔을 추스르며 김 반장은 무리에서 가장 앞선, 아는 얼굴 한 명을 겨눴다.

언젠가 응접실에서 대화를 나눴던 짜르 소속의 자이언트 유저. 이 거리라면 빗나갈 일도 없이 일격에 잡을 수 있다.

"후우우우……."

김 반장이 호흡했다.

"하아아아……."

이하가 호흡했다.

김 반장의 손가락이 움직였다. 방아쇠를 당기는 그 약간의 저항감과 함께.

투콰아아아————————……!

총성이 울렸다. 그와 함께 김 반장의 머리 위에서 기묘한 소음도 들려왔다.

김 반장의 몸이 움찔거렸다.

"무슨—……."

아직 상황을 이해하기 전, 멀리서부터 목소리가 들려왔다.

"저기다!"

"모두 산개하라! 엘리자베스를 잡지 못하더라도, 하이하와 고르고 사십칠이라는 미야우를 죽여야 해!"

"움직여— 깍."

타아아앙————————……!

김 반장은 손가락에 걸리는 저항감을 완전히 없앴다.

그가 방아쇠를 당긴 건 '바로 지금'이었다.

그렇다면 몇 초 전 들려왔던 총성은……?

—반장님

—이하야.

챠박, 챠박, 챠박.

자갈이 비벼지는 소리와 함께, 김 반장의 머리 위에 그늘이
드리웠다.

"끝났습니다."

이하가 김 반장에게 포션을 건네며 말했다.

Geschoss 4.

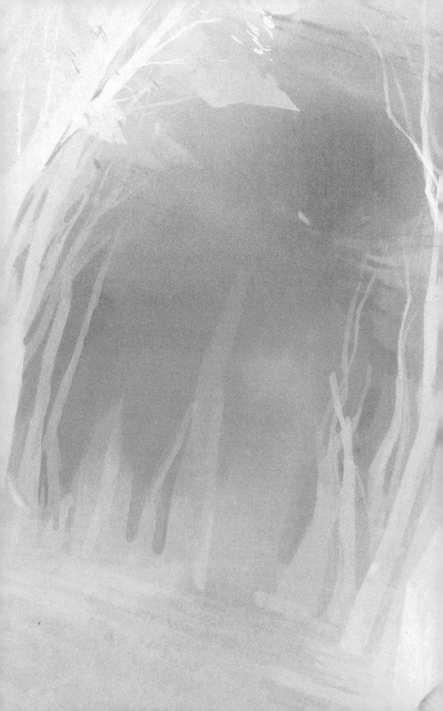

"맞힌 거냐—는 물음은 멍청한 소리겠군. 못 맞힌 채로 나왔다면 이미 네 대가리가 터졌겠지."

김 반장은 여전히 영문을 알 수 없었다. 상황이 어떻게 돌아가고 있는 것일까.

적어도 확실한 점이라면 이하의 예상대로 엘리자베스의 탄자는 단순한 아이템 판정이 아니라, 그녀의 본체의 연장선상에 있었던 것이고, 이하가 그 탄자를 맞추며 엘리자베스의 본체가 죽었다는 사실일 것이다.

그러나 중요한 건 결과가 아니었다.

"어떻게 쏜 거냐? 어떻게 알고? 그것도 한 번에. 아무리 저격수에게 두 발은 필요 없다지만······."

정말로 한 번에 해낼 수 있는 일일까?

확률로 계산조차 힘든 그런 저격을?

김 반장이 어떤 생각을 하는지 알 수 있었기에, 이하는 멋쩍은 웃음을 보였다.

"네, 맞혔습니다. 김 반장님 덕분이죠."

이하는 이번 저격에 성공할 수 있었던 건 자신이 잘나서가 아니라는 걸 느끼고 있었기 때문이다.

만약 김 반장이라는 존재가 없었더라면 불가능한 일이었으리라.

"크흠, 내가 가르친 건 맞지. 그렇다고 그게—."

"아! 아뇨, 가르침의 문제가 아니라. 반장님의 사격 자세를 보고 쏠 수 있던 겁니다."

"……이 셰끼가 사람 민망하게. 크흠, 그래, 내 사격 자세?"

"네."

그것도 단순한 스승으로서의 김 반장이 아니라, 마지막까지 그가 보여 준 자세에 대한 의미였다.

이하는 그 순간, 엘리자베스의 호흡과 함께하고 있었다.

그러나 동시에 김 반장의 호흡과도 함께하는 중이었다.

김 반장이 사격 자세를 취하기만 한 상태였음에도 이하는 알 수 있었다. 굳이 돌아보지 않아도 자신의 등 뒤편에서부터 적들이 다가오고 있다는 의미라는 것을…….

그리고 현 상황에서 '적'이라 부를 단체는 어차피 짜르 또는 도시의 기사단밖에 없지 않은가.

"그 상황에서—."

"만약 '하이하'로 남아 있었다면…… 도망갈 생각부터 했을 겁니다. 우선 자리를 피해야만 했으니까요."

그렇지만 도망가는 방법을 택했다면 앞으로 영원히 엘리자베스를 잡지 못할 가능성도 있다.

그렇다고 이 자리에서 고집을 피우자니, 적들이 자신의 방향을 엘리자베스에게 알려 주는 순간 죽을 것이다.

김 반장은 바로 그것을 못 하게 만들기 위해 사격 자세를 취하고 있는 게 아닌가.

"그럼?"

"하지만…… '엘리자베스' 입장에서 본다면, 이거 엄청난 기회 아니겠습니까?"

그 부분에서 이하는 입장을 바꿀 줄 알았다.

그 순간만큼은 〈하얀 사신〉 하이하가 아니라, 〈언데드 저격수〉 엘리자베스였으므로.

엘리자베스의 시점으로 집중하고 몰입한 이하에게 한 가지 생각이 떠오른 것은 그 시점이었다.

김 반장도 어렴풋이 이하가 어떤 방식을 활용했는지 알 수 있었다.

"엘리자베스도 자이언트들을 보고 있었을 것이다……?"

"네. 김 반장님이 자세를 바꾸자마자, 그 총구 방향을 따라 시선이 이동했겠죠. 그렇다면 엘리자베스에게도 분명히 자이언트들이 보였을 것이고…….”

“엘리자베스는 반대로 자이언트들을 ‘활용하는 방법’으로 생각했을 거라는 얘기군.”

“네. 어쨌든 그녀는 반장님을 죽이는 게 아니라— 저를 찾는 게 목적이었으니까요.”

엘리자베스는 자이언트들이 이하를 찾아 주기를 원했을 것이다. 그러나 김 반장이 자이언트들을 향해 격발해 버린다면?

당연히 그런 방법은 활용할 수 없게 된다. 그녀의 목적은 어디까지나 ‘하이하 사살’이지 않은가.

김 반장을 ‘미끼’로 활용하고 있었던 것도 오직 이하를 이끌어 내기 위함이었다고 본다면, 자이언트들이 등장한 이상 김 반장의 활용 가치는 엘리자베스에게서 0으로 수렴한다는 의미다.

그보다 이하를 찾기에 더욱 수월한 존재들이 등장했기 때문이다.

따라서 엘리자베스는 자이언트들의 발을 묶으려는 김 반장을 ‘먼저 죽이기로’ 결정했을 가능성이 높았다.

“그래서…… 내가 격발하려는 그때—.”

“엘리자베스가 총을 쏠 거라 믿었습니다. 그리고 엘리자베스가 최고 수준의 저격수라면, 그 상황에서 노린다면 반장님의 팔이 아니라…….”

완벽한 즉사 포인트인 머리를 노릴 것이므로, ‘그곳’을 향해 쏜 것이다.

이하의 행동을 결정한 일련의 사고방식을 들으며, 김 반장은 온몸에 전율이 이는 것을 느꼈다.

포션을 잔뜩 음용하여 HP를 상당 부분 회복한 김 반장이었으나 자리에서 일어나고픈 생각은 들지 않았다.

자신이 그렇게 다급하게 귓속말을 보내는 것조차 느끼지 못할 정도로 완전히 몰입한 상태에서 그러한 시나리오까지 짜낸 후 그것에 대응했단 말인가.

'과연…… 최고의 저격수는 머리를 쏘고, 그 너머에 있는 저격수는 생각을 쏜다더니…….'

어느덧 하이하가 그런 경지에 이르렀는가.

원래부터 상당한 수준이었으나 그 이상으로 성장한 애제자의 활약에, 김 반장은 눈 밑이 화끈거리는 느낌을 받았다.

"크흐흠, 내 머리 위에서 뭔가가 튕긴 소리가 바로 그거였군."

미들 어스에서는 눈물이 흐르지 않아 다행이라는 생각과 함께, 김 반장은 황급히 말을 돌렸다.

당연히 이하가 '그 너머의 저격수' 수준이 되었다는 말을 해 줄 생각은 없었다.

민망해진 상황은 금방 뒤바뀌었다.

지금 이곳에는 두 사람만 있는 게 아니기 때문이다.

"거기 두 분, 모든 행동을 멈추고 움직이지 마십시오!"

자이언트의 목소리가 우렁차게 퍼졌다.

이하와 김 반장은 그제야 서로의 얼굴을 보며 피식 웃었다.

최초의 총성 이후 지금까지 숨어 있던 자이언트들이 모습을 드러내고 있었다. 지금껏 놀라 숨어 있던 자들이 저토록 당당한 척이라니.

"샤즈라시안 볼가 기사단의 이름으로 명령합니다! 당신들은 그라드 볼가의 의원 암살 사건에 대한 주요 참고인으로 지정되었습니다!"

"엘리자베스와의 관계를 해명할 수 있는 기회가 생길 때까지 당신들은 그라드 볼가를 제외한 샤즈라시안의 그 어떤 도시로도 이동할 수 없으며, 이를 어길 시 샤즈라시안 연방의 영구 추방 및 입국 제한 조치가 취해질 가능성이 있습니다!"

담대한 이야기를 꺼내는 자이언트를 보며 웃음밖에 나지 않았다.

이하는 굳이 반항하고 싶지 않았다. 그는 두 손을 들고 그들에게 외쳤다.

"엘리자베스는 조금 전 죽었습니다. 지금 확인시켜 드릴 수 있는데, 함께 가시겠습니까?"

[찰나刹那를 쏘다 업적을 획득하였습니다.]
[로페 대륙의 삼총사 업적을 획득하였습니다.]

[시간을 꿰뚫는 [명중] 업적을 획득하였습니다.]

[기묘한 탄환 업적을 획득하였습니다.]

비록 레벨 업은 없었지만 네 개의 업적을 획득했다.

기분이 좋아진 이하가 자신 있게 말했으나, 그것을 듣는 이들의 얼굴은 일그러져 있었다.

김 반장 또한 마찬가지였다.

"에휴, 사격은 그렇게 잘하는 놈이……. 야, 쟤네가 여기 왜 왔겠냐?"

"네?"

"저 불스 기사단인지 지랄인지만 온 게 아니야. 너 진짜 내 귓속말 하나도 안 들었구나?"

"네? 아뇨, 짜르도 오긴 왔겠지만— 엥?"

이하가 얼빵한 얼굴로 고개를 갸웃거리자 김 반장은 다시 한 번 숨을 내쉬었다. 그때쯤, 자이언트 무리에게서도 새로운 외침이 퍼져 나왔다.

"엘리자베스의 사체는 우리가 수거해 가겠다. 불응 시…… 짜르는 전력으로 하이하, 당신을 제압할 것이다."

마침내 이하도 이들의 임무를 알 수 있었다.

그들은 단순히 이하와 김 반장을 찾아내거나, 엘리자베스를 못 잡게 방해하려고 온 게 아니었던 것이다.

"아…… 저렇게 나온다는 말씀이군요."

"그래, 인마. 눈에 불을 켜고 여기까지 달려온 놈들이, 네 업적을 가로채지는 못해도 최소 '확실하게 하이하의 업적'이 되는 걸 두고 보겠냐?"

김 반장의 말을 들으며 이하는 잠시 카렐린을 떠올렸다. 그러나 이런 치졸한 방식을 그가 허락했을 리 없다는 생각이 들었다.

'그 사람이 이런 짓을 할 리는 없으니…… 결국 짜르 단독 행동이라는 거군.'

독단적인 결정은 분명할 것이라고 이하는 판단했다.

"서른 명 정도로 뭐, 어쩌고저쩌고하기는 좀 그렇지 않겠습니까? 아직 저도 안 쓴 스킬 많아요!"

이하는 딱히 긴장하지 않았다. 그들 스스로 말하지 않았나. '하이하 당신을 제압'할 뿐, 그들은 이하를 죽인다거나 하지 못한다.

그럴 능력이 없다는 걸 그들도 잘 알고 있었으니까.

"이곳엔 볼가 기사단이 있다. 당신이 우리의 요청에 불응 시 당신은 엘리자베스와 한 패가 될 거다. 적어도 샤즈라시안 내부에서는 말이지."

따라서 그들은 일방적인 전투 방식을 취하지는 않았다.

물리적으로 이하를 죽이기보다, 정치적으로 이하를 죽이려는 게 그들의 속셈이었다.

이하는 인상을 찌푸렸다.

"참아라, 이하야. 어쨌든 이쪽에선 쟤들이 주류다. 어차피 NPC들 다 죽일 거 아니잖아? 여기서 저놈들 죽였다간 진짜 일이 걷잡을 수 없이 커질 거야."

그런 이하의 마음을 읽은 김 반장이 먼저 나섰다.

"아뇨. 여기서 저 30명을 일거에 쓸어버리면 됩니다. 목격자가 없으면 되잖아요?"

"이 셰끼가, 니가 그럴 줄 알고 내가 막은 거 아냐! 흥분하지 마라, 이하야."

"……알겠습니다, 반장님."

이하의 눈빛을 보며 김 반장은 등골이 서늘해지는 것을 느꼈다.

하지만 아무리 생각해도 답은 없어 답답하기는 그도 마찬가지였다. NPC까지 싹 다 죽이는 방법밖에 없는 것일까?

자이언트들은 천천히 움직이기 시작했다.

그렇게 협박을 해 놓고도 혹시나 이하와 김 반장이 반격할까 싶어 긴장한 표정을 고스란히 드러내고 있었다.

삐이이이이————————!

"음?"

"뭐, 뭐야?"

그렇게 걸어가는 그들의 머리 위에서, 높고 얇은 소리가 들려왔다.

흡사 새의 울음소리와 같았으나 그보다 훨씬 맑고 길게 이어지는 소리.

고개를 든 이하와 김 반장에게도 소리를 낸 생명체가 보였다.

샤즈라시안의 푸른 하늘을 날고 있는, 반투명의 새가 무엇인지 두 사람은 알고 있었다.

"볼가 기사단을 비롯한 모든 자이언트들은 행동을 멈추세요!"

다므라가 이하를 향해 달려오고 있었다.

짜르의 인원들과 볼가 기사단은 고개를 돌려 그녀를 바라보았다.

"계집 한 명이라면—."

"아, 아니…… 한 명이 아닙니다."

"뭐?"

죽여서라도 입을 막으려 했던 짜르였으나 그들도 함부로 움직일 수는 없었다.

가장 먼저 보인 게 다므라였을 뿐이다. 그녀의 뒤를 따르는 자들은 누구인가. 체구가 들쭉날쭉했으나 누가 봐도 샤즈라시안의 민족으로 보이는 NPC들이 잔뜩 있었기 때문이다.

"만약 당신들이 하이하 님에게 위해를 가한다면, 그 잔학무도하고 무분별한 행위는 역사에 영원히 기록될 것입니다! 그라드 볼가의 기사단이여! 그대들은 비록 크라바비의 자손들이지만 명예를 아는 자들이라 들었습니다. 그대들의 행동이 진실로 정의롭다고 생각하는 겁니까!"

"크으……."

"그거야……."

다므라의 우렁찬 일침이 가해지자 볼가 기사단 NPC들의 검 끝이 지면을 향해 슬그머니 내려갔다.

명분으로도 지고, 무력으로도 진다.

그 어떤 방법으로도 이길 수 없다는 걸 알았을 때, 그들의 전의는 완전히 상실된 것이다.

당연히 볼가 기사단의 증언 능력을 믿고 있었던 짜르로서도 움직일 방법 따위는 없었다.

철컥, 철컥—!

이하와 김 반장이 어느새 그들을 겨누고 있었으니까.

"흐흐, 다므라 씨! 부탁하신 건 잘~ 끝냈습니다!"

이하는 소수 민족을 이끈 여장부에게 기쁜 소식을 전달했다.

[샤즈라시안 소수 민족의 비원悲願 퀘스트를 완료하였습니다.]

[샤즈라시안 소수 민족의 지도자 업적을 획득하였습니다.]

"알고 있습니다, 하이하 님. 아니, 샤즈라시안 소수 민족의 지도자시여."

상황을 제압한 다므라가 이하를 향해 무릎을 꿇었다.

그녀의 곁에 있던 모든 자이언트들이 그녀의 뒤를 따랐다.

그라드 볼가 인근의 암반 지대에서, 수백 명의 자이언트들이 이하에게 예를 갖췄다.

엘리자베스를 사살했음에도 불구하고 그녀의 사체는 찾을
수 없었다.

사망했으므로 은신의 효과는 풀려 있었으나 눈이 어느 정
도 쌓인 암반 지대에서, 그것도 몸을 완벽하게 숨긴 저격수를
찾는 건 소수 민족 NPC들의 힘을 빌려도 어려운 일이었던 것
이다.

"이쪽이 맞긴 맞는 거냐?"

"네."

"그걸 확신하는 놈이 왜 그렇게 뺑이를 치게 만들어? 이 셰
끼, 이거⋯⋯."

"그, 그거야— 저도 지금까지는 몰랐으니까요."

시간을 꽤 낭비하고서야 이하가 올바른 방향으로 이동한
것은, 김 반장에게 말한 것처럼 그조차 알 수 없던 정보가 있
었기 때문이다.

'그니까 왜 진작 말해 주지 않고서는!'

─큭큭, 각인자여. 나는 분명 엘리자베스의 목소리를 들었
다고 하지 않았나. 내 말을 무시한 게 누구라고 말할 필요는
없겠지.─

'아, 그냥 비명인 줄 알았지! 비명이 들려서 엘리자베스가 죽었구나, 라고 생각한 건데.'

짜르를 비롯한 자이언트들을 신경 쓰느라 블랙 베스의 목소리에 귀를 기울이지 못했던 것도 사실이다.

그저 엘리자베스의 목소리가 들렸다, 라는 말을 듣고선 그녀에게 데미지를 입혔다고 생각했을 뿐.

―그렇지 않다. 비명을 지른 것도 아니었다.―

'음? 그럼?'

―고맙다고, 즐거웠다고 하더군.―

그러나 블랙 베스는 이하가 추측한 것과는 조금 다른 이야기를 꺼냈다.

'고맙고 즐겁다?'

―큭큭……. 나에게 생명을 흡수당하는 게 영광이기 때문에 이야기했을 것이다.―

'아니, 그건 절대 아니겠지만…….'

블랙 베스의 말을 가볍게 무시하며 이하는 엘리자베스가 한 말을 되새겼다.

블랙 베스에게 흡수당하며, 자신의 마지막을 통감한 NPC가 남긴 말이 '고맙고, 즐거웠다'라니.

이하는 불현듯 공포의 정령 언캐니와 마주했을 때 엘리자베스가 외친 이름이 떠올랐다.

'엘리자베스가 가장 친숙하게 생각하면서도 동시에 공포의 대상으로 여기고 있던 건 카일이었어. 카일이 생긴 이래로 인류까지 배신하며 신대륙으로 건너왔었으니……. 처음부터 카일에 대한 증오나 공포가 생겼던 건 아니겠지.'

아직 낳기도 전에 신대륙으로 왔던 그녀다.

당시에는 인류 전체를 배신해야 할 정도로 모성애가 강력한 상태이지 않았던가.

'하지만 로트작에게 본격적으로 이야기를 듣고, 사우어 랜드에서 치료하기 전까지 정신 상태마저 이상하던 카일을……. 어느 시점부터 두려워하게 된 거야.'

이하에게 아쉬운 점이라면 엘리자베스가 '언제부터' 카일을 공포의 대상으로 인식하기 시작했냐는 점이었다.

카일을 낳고 사우어 랜드에 가기 전에?

아니면 치료한 직후?

또는 자미엘에게 잠식당하기 시작하며?

엘리자베스 자신이 뱀파이어가 된 후, 치요와 함께 다니며 카일의 어떤 면모를 발견했을까?

'아쉽군. 조금만 더 이야기할 수 있었다면, 엘리자베스에게서 카일의 공략 방법을 찾아낼 수 있을지도 몰랐는데…….'

이제는 알 수 없는 일이다.

그러나 엘리자베스를 죽이며 블랙 베스가 흡수한 특성, 그것이야말로 엘리자베스의 마음 그 자체이리라. 이하는 스킬창을 열어 보았다.

〈방출: 엘리자베스(1)〉

설명: 모두의 눈에서, 머리에서, 마음에서, 잊히고 싶다. 잊고 싶다.

효과: 절대 은신: 탐지 불가

(지속 시간 경과 외의 경우로 해제되지 않습니다.)

마나: 300

지속 시간: 5분

공격을 해도 상관없다. 은신 상태에서 목소리를 내도 상관없다.

지속 시간이 경과되는 것 외의 그 어떤 경우에도 해제되지

않으며, 그 어떤 방법으로도 탐지할 수 없는 절대적인 은신!

'이렇게까지 해서…… 카일로부터 벗어나고 싶었던 건가.'

한 번밖에 사용할 수 없고, 지속 시간도 5분 남짓이지만 이

스킬은 언젠가 반드시 도움이 되리라.

이하는 어쩐지 안타까운 마음으로, 잿빛으로 변해 널브러

진 엘리자베스의 사체를 바라보았다.

"다 왔습니다."

"흐음, 이거로군. 대단한데?"

김 반장은 보자마자 감탄부터 했다. 이하도 김 반장이 어떤

부분에서 감탄했는지 알 수 있었다.

이하처럼 바위 뒤에 몸을 숨긴 것은 맞았으나 이하와 결정

적인 차이라면, 엘리자베스의 팔이 변형된 생체 총기의 '총열'

이 휘어 있다는 점이었다.

'애초에 격발부터 꺾여 나가도록 한 건가.'

현실에서도 극히 일부 지역에서만 시험 사용 중인 '굴절형 화기'의 생체식 적용.

이하는 그 총기를 슬쩍 만져 보곤 고개를 저었다.

"특별히 뭐…… 아이템은 없는 것 같네요."

"크흐, 아깝구만. 혹시 이 총 같은 거 루팅되면 나 달라고 말하려 했더니."

"루팅이 가능해도 반장님을 드리기는 좀─."

"뭐, 셰꺄?"

이하는 김 반장의 장난에 낄낄거리며 엘리자베스의 사체 주변을 맴돌았다.

"미들 어스 최고의 저격수라……. 틀린 말은 아니군."

김 반장도 엘리자베스의 생체형 총기를 보며 감탄을 금치 않았다.

그는 엘리자베스를 바라보다 잠시 눈을 감았다.

'적'인 이상 공식적인 묵념은 해 줄 수 없지만 적어도 미들 어스 내에서 훌륭한 저격을 보여 줬던 그에게 보내는 개인적 인 경의에, 이하도 김 반장을 따라 잠시 눈을 감았다.

〈업적: 로페 대륙의 삼총사〈R-〉〉

축하합니다!

당신은 과거 로페 대륙을 주름잡았던 [삼총사]를 뛰어넘는 데에 성공했습니다! 당신이 그들에게 이름을 물려받은 자이든 혹은 그들과 겨루던 자이든, 로페 대륙의 [삼총사]보다 훌륭한 실력을 지니고 있음은 틀림없겠지요. 그러나 어떤 경우라도, 당신이 짊어져야 할 책임의 무게가 결코 가볍지 않다는 것은 알아 두셔야 할 겁니다.

로페 대륙의 숱한 위기를 헤쳐 나온 과거의 영웅들이 지닌 이름, 그 이름을 어떤 방식으로든 뛰어넘은 당신에게 대륙의 모든 이들이 기대하는 바가 있을 테니까요. 로페 대륙의 삼총사는 이제 과거의 전설로써 당신의 앞길을 막을 겁니다. 그러나 걱정하지 마세요. 당신은, 반드시 해낼 수 있을 테니까.

보상: 스탯 포인트 50개

보유한 로페 대륙 공통 명성 +15%

〈로페 대륙의 삼총사〉 업적의 세 번째 등록자입니다.

업적의 세 번째 등록자까지 명예의 전당에 기록되며, 기존 효과의 200%가 추가로 적용됩니다.

효과: 스탯 포인트 100개

보유한 로페 대륙 공통 명성 +30%

'원래대로라면 엘리자베스가 내 실력을 인정하고, 삼총사의 자리를 완전히 물려주는 형태가 되어야 했겠지만⋯⋯.'

본의 아니게 '그들과 겨룬' 형태가 되어 버린 자. 이하는 다소 씁쓸한 뒷맛을 느꼈다.

그 이름을 뛰어넘었다는 증거만으로도 현재까지 보유한 모든 명성치가 45% 증가? 그것은 단순히 500이나 1,000 따위를 주는 것보다 훨씬 큰 효과다.

기존의 삼총사가 로페 대륙 전역에 얼마나 큰 명성을 떨쳤는지 알 수 있는 부분이었다.

"바꿔 말하자면……."

"응?"

이하는 분위기를 잡으며 목소리를 낮췄다.

"미들 어스 최고의 저격수가…… 저라는 뜻이죠."

"칵! 까분다, 이 셰끼."

그리고 곧장 까불었다. 김 반장의 반응을 보면서 이하는 히죽거렸다.

그런 그들을 보며 다므라가 말했다.

"지도자시여, 이제 그라드 볼가로 돌아가도 되겠습니까."

"아, 네. 근데, 그…… 다므라 님."

"예."

"지도자—라고 일일이 부르시지 않아도 될 것 같은데."

이하가 말했으나 다므라는 답하지 않았다. 그녀의 주변에 있는 다른 NPC들도 마찬가지였다.

이번 퀘스트를 성공하며 이하는 그들의 영웅을 넘어선 지도자가 되어 버렸고, 하물며 삼총사를 뛰어넘었다는 업적으로 인하여 각종 명성치가 더욱 치솟았으니 이들의 반응도 당연한 일이었다.

"쩝, 그럼 뭐 그냥 편할 대로 부르시고 우선, 사체 확보해서 그라드 볼가로 가죠."

사실 엘리자베스의 사체라면 이곳에 두어도 상관이 없다.

루팅 아이템도 없고, 시간이 지나면 절로 사라져 버릴지도 모르니까.

그러나 이하는 미들 어스 내에서 자신의 스승 격 NPC를 이대로 두고 싶지 않았다.

"알겠습니다. 당당한 승리의 개선을 위하여 그녀의 사체를 앞세워—."

"아니, 아니, 그러실 필요까진 없고요. 그냥…… 들것 같은 것에라도 이렇게 좀, 해 주세요. 어차피 매장으로 할— 음?"

다므라와 그런 종류의 대화를 하던 이하의 눈앞에 무언가가 들어온 것은 그때였다.

짜르와 볼가 기사단이 암반 지대를 올라오는 중이었다.

"결국……. 잡았군요, 하이하 씨."

카렐린과 함께.

흉포한 고릴라와 같은 외모였으나 순박하게 웃을 때는 어쩐지 귀엽다는 느낌이 드는 샤즈라시안의 레슬러가 엘리자베스의 사체를 바라보았다.

"카렐린 씨."

NPC들 간 잠시 긴장 상태가 발생했으나 이하는 별다른 걱정도 하지 않았다.

그에게 싸울 마음 자체가 없다는 걸 알고 있기 때문이었다.

짜르에게 어떤 이야기를 들었을까.

어떤 압박을 받고 있지는 않을까.

카렐린은 묵묵히 엘리자베스의 사체만을 바라보다 마침내 이하에게 시선을 돌렸다.

"앞으로 샤즈라시안은 더 바빠지겠군요. 엘리자베스를 피해 숨어 있던 녀석들이 전부 튀어나올 테니까요."

암살의 위험 때문에 정치적 활동을 피하고 있던 온갖 종류의 유저와 NPC들이 활동을 개시할 거라 봐야 한다.

이하는 카렐린의 말을 이해했다.

"그렇겠죠. 뭐, 카렐린 씨 입장에서 보면 저 또한 그런 '녀석'들 중 하나일 테고요."

자신 또한 카렐린에게 있어서는 정치적인 적이 되었다는 걸 잘 알고 있었기 때문이다.

카렐린은 이하의 말에 답하지 않고 빙긋 웃었다.

그는 앞으로 샤즈라시안의 공청회 제2안을 수습하기 위해 움직일 것이고, 그것에 동의하는 또는 반대하는 많은 유저와 NPC들 사이를 오가며 상당한 정치적 활동을 벌일 것이다.

당연히 그 모든 일은 카렐린 스스로가 추후 샤즈라시안의 대통령으로 입후보하기 위한 포석이다.

그런 일을 할 때는, 하이하 당신은 나의 적이다.

카렐린의 의지는 이하에게 충분히 와닿았다.

그러나 〈신성 연합〉의 기치 아래에서, 마魔에게 대항할 때에는?

카렐린은 이하의 생각을 읽고 있다는 듯 말했다.

"샤즈라시안의 일은 샤즈라시안대로. 그리고 〈신성 연합〉의 일은 〈신성 연합〉의 일대로. 맞죠?"

〈신성 연합〉의 깃발 아래에선 같은 편이라는 걸 언급하며 그는 이하에게 손을 내밀었다.

이하는 잠시 카렐린을 바라보다 그의 손을 잡았다.

"이래서 카렐린 씨를 좋아한다니까."

"하지만 샤즈라시안 내부에서의 일은…… 정말로 봐주지 않을 겁니다. 아 참, 그리고 고르고 님께서 부탁하신 분도 어느 정도 추적이 완료되었습니다. 그라드 볼가로 가서 말씀 나누시죠."

그 와중에도 카렐린은 김 반장이 부탁한 일을 완벽하게 처리해 둔 상태였다.

이번 일에서 인상을 찌푸리고 있는 자들은 오직 짜르의 유저들밖에 없었다.

신대륙 중앙부의 새로운 방어선이 시끄러워지기 시작한 것은 약 40분 전부터였다.

"죽였다고요? 이하 형이? 잠깐, 잠깐, 귓속말 지금 안 받는 것 같은데—."

"엘리자베스를 잡았다는 말입니까? 하이하 씨가?"

"샤즈라시안의 소수민족들이 추대해 갔다는 건 무슨 소리죠?"

샤즈라시안에서 일어난 일이었으나 NPC만이 관련된 게 아니다.

제법 큰 도시인 그라드 볼가에 있던 자이언트 유저들은 의원 암살과 동시에 시작된 일련의 사건들을 지켜보았고, 그들의 지인들에게 귓속말로 퍼진 사안이 마침내 별초의 귀에까지 들어오게 된 상태였다.

"한 분씩 답해 드릴게요. 잠시만요."

그리고 별초에서 그 일에 대하여 가장 자세한 이야기를 들을 수 있었던 것은 역시나 같은 자이언트 종족인 징겅겅이었다.

몇 사람이나 되는 자이언트들에게서 교차 검증을 통하여 그는 이하가 해낸 일의 상당수를 되짚어 볼 수 있었다.

"그라드 볼가라는 샤즈라시안 도시에서 저격 사건이 일어났고, 뭔가 우당탕 쿵쾅하면서 하이하 씨와 어떤 미야우가 달려 나갔고, 뭔가 또 짜르가 와서 시끌벅적 어수선하다가……. 하이하 씨가 엘리자베스의 사체와 함께 복귀했대요. 뒤에는 몇백 명이나 되는 샤즈라시안의 소수민족 NPC들 그리고 카렐린 씨까지 거느리고서.”

그러나 여기까지가 한계일 수밖에 없었다.

표면적으로 보이는 흐름이야 분명히 파악할 수 있는 일이지만, 도대체 ‘왜’ 그렇게 일이 흘러갔단 말인가.

“일단…… 엘리자베스를 잡은 건 분명 희소식인데—.”

“미야우는 또 누구야? 키드 씨나 루거 씨와 함께 움직였던 것 같은데, 미야우라니. 삐뜨르 말고 미야우 종족 중에 유명한 사람이 누가 있지?”

“그리고 짜르는 왜? 아니, 소수 민족 NPC는 또 뭐죠? 예전에 퀘 깨러 갔다가 한 번 마주친 적은 있지만— 소수 민족이라는 말 그대로 샤즈라시안 구석탱이에나 있는 사람들 아닌가? 뭐 한다고 몇백 명이 모여서 이하 형을 쫓아다녀요?”

기정은 모두에게 묻듯 말했으나 그 말에 답할 수 있는 사람은 없었다.

별초의 유저들은 얼이 빠진 얼굴로 서로를 바라보았다.

그리고 이와 유사한 상황들이 로페 대륙 곳곳에서 벌어지는 중이었다.

〈신성 연합〉에서는 벌써 긴급회의를 소집하여 람화연을 비롯한 상당수의 유저들이 ‘다음 단계’를 위한 논의를 벌이고 있었다.

"하이하 씨를 최대한 빠르게 불러와서 진격시키는 수밖에 없습니다. 실제로 키드 씨나 루거 씨도 하이하 씨가 엘리자베스를 잡고 나면 가능하다고 했잖아요, 그죠?"

"음……."

"쳇."

라르크는 에윈에게 제안을 하며 두 사람을 바라보았다.

그러나 키드와 루거 모두 떨떠름한 표정을 짓기만 할 뿐, 답하지 않았다.

"카일에게 어느 정도 위협만 줄 수 있어도 치요는 반드시 카일을 보호할 거예요. 그가 전선에서 물러난다면 별다른 위협은 없습니다. 지금처럼 무모한 도전 따위는 하지 않아도 되겠죠."

람화연도 라르크의 의견에 동의했다.

프레아, 페이우, 신나라, 이환이 무사 복귀한 것은 기쁜 일이지만 결과적으로 본다면 성과는 없는, 실패한 작전이라 할 수 있었다.

그 이후로 지금까지 〈신성 연합〉이 할 수 있는 일이라곤 역시나 몇몇 팀을 조직하여 신대륙 동부로 침투시켜 보는 것뿐이다.

그러나 결과는 언제나 한결같았다.

북쪽으로 치우친 전선에서 동부로 넘어간 팀이 약 30시간

가량 연락이 유지되었으나 그 이후로 끊겼고, 기존의 중앙부에서 동부로 넘어가는 유저들 또한 15~20분 남짓이나 겨우 목숨을 연명한 게 전부였다.

"뭐, 무의미한 일은 아니었습니다. 어쨌든 시티 페클로라는 기반이 사라지면서 그들이 어딜 향하고 있는지 대략 알 수 있었으니까요."

신대륙 동부를 향하는 유저 팀 중 20분을 넘긴 자들이 손에 꼽았던 과거에 비한다면, 카일의 대응은 상당히 늦어졌다고 할 수 있다.

즉, 그들은 신대륙 중앙부에 다시 쉽게 돌아올 수 없는, 더욱 깊숙한 동부 어딘가를 향하고 있다는 의미다.

만약 현재와 같은 상황에서 카일에게 더욱 강한 압박을 가할 수 있다면?

신대륙 동부로 들어가는 노선이 훨씬 다양해진다. 몇몇 팀은 카일에게 아예 걸리지도 않은 채 수색을 시작할 수 있을지도 모른다.

'그렇게만 되면…….'

'마왕의 조각들이 어디에 숨어 있는지 찾을 수 있어. 하루라도 더 빨리 시작해야 그나마 가능성이 있는 일이니까.'

아직까지 이하에게 직접적인 연락이 없는 그들은 키드와 루거의 분석에 의해 작전을 세울 수밖에 없다.

람화연과 라르크는 두 사람을 바라보았지만 그들은 입을

열지 않았다.

"대답 좀 해 봐요. 뭐, 기분 나쁜 일 있는 거예요? 이하 씨가 엘리자베스를 죽인 게 기분이 안 좋은 일인가요?"

람화연이 그들을 다그치며 물었으나 그들은 큰 반응을 보이지 않았다. 루거가 갑자기 자리에서 벌떡 일어나 람화연이 잠시 움찔거렸다.

"난 간다."

에윈이 있음에도 제멋대로 회의실을 나가려는 루거의 행동은 분명 호통을 들어 마땅했다.

그러나 정작 그를 말려야 할 키드도 슬그머니 자리에서 일어나고 있었다.

"잠깐! 두 사람 다— 뭐 하는 거죠? 이제부터 작전을 짜야 하는데 어딜 간다고—."

"그 망할 자식……. 진짜로 '혼자서' 깨 버린 그 자식한테 물어봐."

"이래서야 삼총사는 아무런 의미도 없겠습니다."

"내 말이 그 말이야. 빌어먹을 놈, 귓속말 한 번만 했어도— 아니, 하다못해 삼총사의 텔레포트만 켜 놨어도 갈 수 있었는데……."

두 사람은 투덜거리며 말했다.

그제야 람화연과 라르크 그리고 이곳에 있던 다른 유저들까지도 그들의 행동을 이해할 수 있었다.

"삐진 거였어요?"

"삐지기는 누가— 닥쳐라. 실패녀."

"실패녀라니! 오랜만에 한 판 붙어 볼까요, 루거 씨?"

"흥, 실패한 사람이랑 싸울 필요는 없지."

루거는 신나라를 한껏 도발해 놓고는 그대로 문을 박차고 나갔다.

라르크는 그저 헛웃음을 머금고 키드에게 마저 물었다.

"그게 뚱한 표정이었던 겁니까? 하이하 씨가 도와달란 말 안 해서? 여러분만 왕따 시킨 것 같으니까?"

"누가 뚱했다는 말입니까. 그리고 왕따는 무슨— 따돌림은, 나와 루거가 하이하에게 한 일입니다."

키드는 모자를 눌러썼다. 지금까지 줄곧 불편한 얼굴을 하고 있었던 게 고작 저런 이유라니.

람화연도 웃음을 참기가 어려울 지경이었다.

"하여튼, 키드 씨가 보기에 이제 카일을 상대할 수는 있겠죠?"

"……직접 불러서 물어보는 게 빠른—."

콰아아아아————————ㅇ!

"—음!?"

"뭐, 뭐야? 갑자기 웬—."

순간, 〈신성 연합〉의 요새 내에서 폭음이 울렸다. 아무런 비상경계 신호도 없는 와중에 이런 폭성이라니?

몇몇 유저들은 카일에 의한 공격이 아닐까 생각했으나 그럴 리는 없었다.

[너, 너 이 망할 놈! 총기 개조했다는 것도 영감쟁이한테 들었다!]

[우와아악, 루거! 이 미친놈이 진짜로 방아쇠를 당겨? 인마, 방금 스킬 안 썼으면 나 죽었어!]

[죽으라고 쏜 거다, 죽으라고!]

루거의 쩌렁쩌렁한 목소리가 요새 전체에 울려 퍼지고 있었기 때문이다.

"으음…… 퓌비엘의 루거에게는 처분이 필요하겠군."

회의실에 있던 에윈은 미묘한 표정으로 말했다.

분명 무례한 루거를 야단치려고 내뱉은 말이겠으나 그의 얼굴에 옅게 걸쳐 있는 건 분명한 웃음이었다.

라르크와 신나라는 곧장 에윈을 향해 고개를 숙였다.

"즉각 조치하겠습니다, 사령관—."

"하이하아아아! 총기는 어떻게, 무엇으로 개조한 겁니까? 무슨 특성을 살려서— 엘리자베스는 어떻게 잡았습니까! 빨리 말하는 게 좋을 겁니다!"

그러나 그들도 말을 다 이을 수는 없었다.

키드까지 회의실 문을 박차고 후다닥 달려 나갔다.

에윈은 한숨을 내쉬었다.

"키드도 추가하게."

"옙!"

졸지에 〈신성 연합〉에서 징계 처분을 받게 된 두 사람이었으나, 람화연은 어쩐지 그런 모습을 보면서 이상한 기분이 들었다.

분명 하이하의 연인은 자신이건만, 키드와 루거가 이하와 어울릴 때 자신이 한 발자국씩 뒤떨어지는 이 느낌.

라이벌 의식과 서로를 위하는 마음이 뒤섞인 우정에 대하여 아직 자신이 끼어들 수 없다는 그런 느낌.

람화연은 홀로 팔짱을 끼고선 애매한 미소를 지었다.

"흐음, 이걸 좋아해야 할지, 싫어해야 할지 모르겠다니까."

"뭘요?"

"아뇨, 아무것도. 어쨌든 당사자가 왔으니 들어나 보죠. 하이하! 얼른 안 들어오고 뭐 해!"

람화연마저 회의실 문밖으로 고개를 내밀고 소리를 쳤다.

최근 들어 항상 어둡고 무거운 분위기만 감돌았던 〈신성 연합〉의 요새에, 다소 예의 없는 활기가 퍼져 나가고 있었다.

"……크흠."

에윈이 헛기침을 한 번 했다.

Geschoss 5.

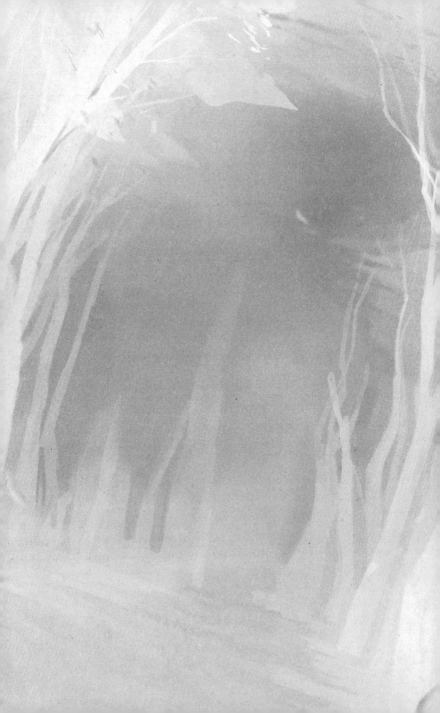

　이하는 엘리자베스를 사살할 수 있게 된 경위와 그 방법에 대해 설명했다.

　정보가 생명인 미들 어스에서, 굳이 자신의 '사냥 노하우'와 같은 것을 풀어놓을 의무는 없지만, 루거와 키드의 성화를 이기지 못했기에 어쩔 수 없는 일이었다.

　물론 엘리자베스 사살에 대해 설명해도 그다지 상관없다는 판단이 들었기 때문이기도 했다.

　"총알을, 크흠, 총알을— 쐈다고? 총알로? 날아가는 총알끼리 맞았다는 의미 맞죠?"

　"아니, 총알이랑 엘리자베스가 한 몸으로 이어져 있다는 설명까지는 이해했는데……. 그건, 무슨—."

　"분명 보배도 카일의 탄환을 맞춰 떨어뜨린 적이 있다고는 했어요. 하지만 눈에 보이는 상태에서 스킬을 활용한 것과, 지금 이하 씨가 말하는 건……. 사격이나 양궁의 문외한인 제가 들어도 전혀 다른 차원인 것 같은데요."

아는 것과 하는 것은 완전히 다른 의미니까.

라르크와 람화연 그리고 신나라까지도 이하의 말을 제대로 받아들이지 못하고 있었다.

〈업적: 찰나刹那를 쏘다(R)〉

대단하군요!

당신은 오직 자신의 힘만으로 찰나의 순간을 포착하는 데 성공했습니다! 0.00001초 미만의 시간에서 자신이 노린 공격을 정확히 적중시키는 것은, 단순히 힘이 강하다고 또는 무조건 운이 좋다고 이루어지는 일이 아닙니다. 초월적인 실력과 완벽한 계산 그리고 적절한 수준의 운이 따라야만 가능한 당신의 공격은, 아마도 미들 어스의 역사를 통틀어도 열 번 이상 이루어진 적이 없을 지경이겠지요. 만약 이러한 일을 두 번 해낸다면 당신은 기적을 만드는 사람으로 불리기에 결코 부족함이 없을 겁니다. 따라서 미들 어스는, 당신이 기적을 만드는 사람으로 될 수 있게 도와드리겠습니다.

보상: 스탯 포인트 75개

원거리 무기의 투사체 가격 판정 보정 +100%

(히트 박스 확대 및 해당 히트 박스에 명중 시, 투사체의 중심부 가격 판정)

〈찰나를 쏘다〉 업적의 첫 번째 등록자입니다.

업적의 세 번째 등록자까지 명예의 전당에 기록 되며, 기존 효과의 200%가 추가로 적용됩니다.

효과: 스탯 포인트 150개

원거리 무기의 투사체 가격 판정 보정 +200%

이하는 그들을 보며 고개를 끄덕여 줬다.

"어려운 일이었어요. 아마 두 번 하라면 못 할지도 모릅니다."

차마 업적의 보상에 대해 이야기할 수 없었기에, 이하는 최대한 겸손하게 말했다.

그러나 사격을 해 왔던 이하의 입장에서는 이번 업적의 보상이야말로 '사기'라고 말할 수 있을 지경이었다.

이하가 쓰는 총알은 크지만 여러 다른 투사체의 기준에서는 매우 작다.

사격했을 때 목표물에 '닿는 면적'으로 따져야 하므로, 단순하게 보자면 5.56mm, 7.62mm가 바로 이하가 사용하는 '투사체'이기 때문이다.

저 크기의 탄자가 목표물에 닿아야만 〈블랙 베스〉의 데미지가 들어간다.

5.56mm 탄환을 사용하여 이하가 노린 목표물에서 5.7mm만 벗어나도 가격되지 않는다는 의미다.

그런데 '히트 박스'가 커진다면?

이것은 현실이 아니라 게임이므로 가능한 보상이나 마찬가지였다.

히트 박스가 300% 더 커진다면 5.56mm 탄환이 22.24mm가 되는 셈이다.

'즉, 해당 목표물에서 어느 정도 벗어나도— 맞았다! 하고 미들 어스가 보정해 준다는 얘기다. 그것도 빗겨 맞은 게 아니라……'

〈투사체의 중심부 가격 판정〉, 탄자의 정 가운데가 목표물에 닿은 것처럼 효과를 낼 수 있다는 뜻!

'흐흐, 하물며 이번에 대저격수용으로 개조한 〈블랙 베스: LRRS〉의 전용 탄환은 0.408인치, 10.36mm 구경이지. 앞으로는 사실상 41mm짜리 탄환을 쓰는 셈이나 마찬가지인 거야! 그것도 총기에 아무런 악영향도 없이!'

다만 대구경의 적중 효과를 줄 뿐, 데미지가 강해지는 건 아니다.

그러나 1cm와 4cm는 일반인에게도 크게 느껴지는 차이다.

총열에 전혀 부담을 주지 않은 채 오직 적중률만을 높일 수 있는 보상은, 모든 저격수에게는 꿈과 같은 보상이리라.

"으음……. 하이하 씨가 한국인— 징병 국가의 저격수 출신이라 가능했던 거죠?"

"그, 글쎄요. 딱히 그건 아닐 거예요. 전쟁에서도 1인당 몇만 발을, 몇백만 명이 동시에 쏴 대는 전투에서, 탄환과 탄환이 부딪치는 경우는 역사상 두세 번밖에 없었거든요. 확률로 따지자면 거의…… 으음……."

라르크의 말에 적절한 답을 하기 위해 이하는 잠시 생각했으나 그런 확률이 곧장 떠오를 리가 없었다.

역시나 이런 분야에서 답할 수 있는 능력은 키드에게밖에 없었다.

"그러한 무작위 상황이라면 어림잡아 10억 분의 1입니다."

그는 모자를 한 손으로 들곤 자신의 얼굴에 부채질을 하고 있었다.

정작 키드의 말에 놀란 건 다른 유저들이 아니라 이하였다. 자신이 대충 뱉어 내려던 확률보다도 훨씬 낮은 확률이었으니까.

게다가 키드가 한 말이라면 어느 정도 현실성이 있는 가정을 기반으로 계산하지 않았겠는가.

이하가 키드에게 물어보려는 말은, 루거가 조금 거칠게 대신해 주었다.

"미친놈! 이 말을 믿는다고? 거짓말이지! 10억 분의 1짜리 복권이 그리 쉽게 당첨되는 줄 알아!?"

"……10억 분의 1은 완전한 우연 상태에서 상호 사격 시를 바탕으로 계산해 본 겁니다. 그러나 하이하가 노리고 사격했다 해도 적중할 확률은 100만분의 1 미만입니다. 부피가 1세제곱센티미터도 안 되는 탄자가 한 지점을 지나가기까지의 시간은 셀 수 없습니다. 굳이 따지자면 마이크로 세컨드μs 단위로나 겨우 가능할 겁니다."

"말도 안 돼. 아니라니까!"

"루거, 당신이 정말 아니라고 생각했으면 지금처럼 화를 내고 있지 않을 겁니다."

키드는 한마디로 루거의 입을 닫게 만들었다.

루거는 투덜거리긴 했으나 키드의 말에 반박하진 않았다. 키드의 말이 사실이었기 때문이다.

"그, 그니까. 근데 내가 그걸 해냈다! 하고 말하기 좀 그렇죠. 사실 진짜 김 반장님이 계시고 해서 그런 거지 나 혼자서는 어림도 없었다고."

"그 미야우 때문에? 계산이라도 대신한 건가? 아니면 관찰?"

"아니, 그렇다기보다……. 으음, 뭐라고 설명해야 하지. 아까 말한 것처럼, 김 반장님이 미끼 역할로 희생해 주신 덕이지."

"이 자식이, 미끼? 그 정도는……!"

루거는 자리에서 벌떡 일어났다. 뭔가 소리라도 지르려는 행동에 비해서는 더 이상 말을 잇지 않고 있었다.

키드는 슬쩍 루거를 보며 고개를 가로저었다. 루거는 키드에게 "뭐! 뭐!" 하며 자리에 앉을 뿐이었다.

두 사람의 행동이 무슨 의미인지, 이해하지 못한 사람은 이하밖에 없었다.

"어쨌든 이하 씨는 이제 카일과 상대할 수 있는 건가요?"

"음, 그게 중요하죠. 역시 나라 씨가 날카롭다니까."

신나라와 라르크는 이하를 보며 웃었다.

이하도 그들을 보며 웃었다.

"아마도 가능할 겁니다. 아 참, 키드랑 루거 당신들은 뭐라고 떴어?"

"……인간을 앞서는 [속사]입니다."

"공간과 이어진 [관통]."

"아하!? 그런 식이구나."

"너는 뭐냐."

이하는 업적 창을 열었다.

"시간을 꿰뚫는 [명중]."

진정한 [삼총사]가 되었다는 증표.

사실상의 청출어람 업적이자 그에 걸맞은 스킬을 부여하는 업적이 바로 이것이었다.

〈업적: 시간을 꿰뚫는 [명중](R)〉

축하합니다!

당신은 삼총사에게 인정받은 새로운 시대의 삼총사가 되었습니다. 마침내 한 시대를 관통하는 탄환을 쏘아 내며, 당신은 [명중]의 뒤를 잇게 된 것입니다. 과거의 [명중], 엘리자베스는 젊은 시절 말하곤 했습니다. "진짜 [명중]은 시간마저 꿰뚫을 수 있어야 하는 것 같아. 잘 들어 봐 봐, 내가 방아쇠를 당기는 건 현재야. 하지만 목표물을 관찰한 건? 방아쇠를 당긴 것보다 이전이지. 즉, 과거란 말이야! 그리고 탄환이 날아가 목표물에 도달한 순간은? 미래고! 결국 사격이라는 행위 하나에 과거와 현재, 미래가 담겨 있단 말이야! 시간축이 있는 만큼 [명중]에서는 멀어지는 거지. 하지만 진짜 [명중]이라면, 결국 그 모든 시간을 하나로 합쳐야 하는 거 아닐까? 너희들은 어떻게 생각해?"

브라운과 브로우리스는 전혀 이해하지 못했던 그녀의 말이었지만 지금의 당신이라면 알 수 있을까요?

아니, 그것을 알았음에도 끝끝내 전대의 [명중]도 해내지 못했던 그 일을, 과연 당신은 해낼 수 있을까요?

이것은 전대의 [명중], 엘리자베스가 당신에게 남기고 간 선물이자 과제입니다.

보상: 스탯 포인트 150개

스킬 - 빠르게, 더 빠르게! 획득

스킬 - 멀리, 더 멀리! 획득

스킬 - 마음의 눈 획득

(명예의 전당이 없는 업적입니다.)

〈인간을 앞서는 [속사]〉

⟨공간과 이어진 [관통]⟩

⟨시간을 꿰뚫는 [명중]⟩

인간, 공간, 시간을 주제로 한 새로운 스킬이 삼총사에게 부여되었을 것이다.

획득 스킬 중 두 개, ⟨빠르게~⟩와 ⟨멀리~⟩는 각각 탄속 증가 및 사거리 증가 효과가 있는 ⟨패시브⟩ 스킬이었다.

이하는 업적 창의 설명 중 엘리자베스가 가졌던 의문, 즉, '쏘자마자 목표물에 닿을 수 있는' 상황에 도달하기 위해 만들어 낸 스킬이라고 생각했다.

'실제로 스킬 창의 설명만 봐도……. 묘하게 엘리자베스 스타일의 말투가 묻어 있단 말이지.'

그러나 한 가지 스킬은 달랐다.

자동으로 적용되는 ⟨패시브⟩ 스킬과 달리 이하가 직접 사용해야 하는 ⟨액티브⟩ 스킬로 구분되는 그것은, 등급과 레벨조차도 없었다.

⟨마음의 눈⟩

설명: 보는 것은 확장이 아니라 침잠이다. 깊이 가라앉을수록 나의 목표물은 또렷하게 보이게 되는 법.

효과: 목표 대상의 위치 및 방향 확인

마나: 300

지속 시간: 5분

쿨타임: 1시간

"카일을 향해 쏘는 것이야 문제가 될 게 아닙니다. 그리고 카일을 상대할 수 있다고 하이하 당신이 자신 있게 말할 정도라면—."

"〈눈〉과 관련된 스킬을 얻었겠지. 효과는 뭐냐."

키드와 루거는 이하가 어떤 종류의 스킬을 획득했는지 알수 있었다.

당연히 그들이 그들의 특성을 살린 스킬을 얻었기 때문이기도 했다.

"헤헹, 내가 알려 줄 것 같아?"

"이 자식이!?"

사거리 증가나 탄속 증가는 알려 줄 수 있어도 이런 스킬은 함부로 알려 주지 않는 게 미들 어스 플레이의 기본!

'일단 써 보질 않았으니 뭘 알 수가 있어야 말이지.'

엘리자베스를 죽인 이후 다므라나 카렐린 등 이하의 주변에 누군가가 계속 있었으므로 사용해 볼 틈도 없었다.

어쨌든 이하가 자신 있게 말할 수 있는 이유는 역시나 이것이 '진정한 삼총사'의 스킬이기 때문이었다.

"그렇다면 우리도 준비를 하면 되는 건가."

다소 가벼운 분위기 속에서 에윈이 입을 열었다.

이하도 키드, 루거와 장난치던 것을 즉각 멈추고 그를 보며 답했다.

"네. 적어도 제가 그를 볼 수 있게 된다면…… 저번처럼 쉽사리 당하진 않을 겁니다."

"음. 준비 기간은?"

"크흠, 한 5일 정도면 됩니다."

블랙 베스를 개조하던 시점부터 엘리자베스 사살까지, 이하는 제대로 된 수면조차 취한 적이 없다.

에윈이 있는 자리에서 반쯤 장난처럼 키드, 루거와 대화하는 것도 수면 부족으로 인해 정신이 몽롱했기 때문이다.

"그럼……. 서 라르크, 데임 신나라. 그리고—."

"팔레오들도 곧장 준비시키겠습니다. 첫 번째 목표는 마왕의 조각들이 숨어들어 간 장소의 탐색, 두 번째 목표는 치요 및 마왕군의 잔당 추격."

에윈이 미처 이름을 부르기도 전, 람화연이 답했다.

라르크와 신나라는 그녀를 향해 엄지를 치켜들었다.

"성하께 즉시 보고 드리겠네."

에윈은 고개를 끄덕였다.

회의에 참가한 유저들도 제각각의 준비를 시작했다.

모두가 흩어진 후, 이하와 람화연은 빨치산의 요새로 이동하며 대화를 나눴다.

　"정말 마탄의 사수와 싸울 수 있겠어? 죽이지 못해도 돼. 위협사격만 한 번 할 수 있으면 우리의 승리가 될 가능성이 높아."

　람화연의 판단대로 치요가 카일을 전선에서 물리게끔만 위협을 가하면 된다. 이번 목표는 전투는 부차적일 뿐, 우선되는 일은 장소를 찾는 것이니까.

　게다가 단체 행동 위주라면 개개인의 레벨이 다소 낮아도 상관이 없다.

　그렇다면 당연히 최대한 많은 유저를 모아서 활용할 수 있다.

　변수가 되는 것은 오직 하나, 유저들이 '지난번'의 기억 때문에 참가를 꺼리는 경우일 뿐이다.

　"이번에도 실패하면 〈신성 연합〉의 소집에 응하지 않는 유저가 더 많아질지도 몰라."

　람화연이 걱정하는 것은 오직 하나뿐이었다.

　이하는 그녀를 보며 웃었다.

　"내가 카일한테 당하는 건 걱정도 안 해 주는 거야?"

　"그, 그거야— 당연한 소리고!"

　람화연이 괜스레 부끄럽고 민망해 소리를 질렀다. 이런 태도도 이하에겐 그저 귀엽게만 느껴졌다.

"흐흐, 알아. 나도 해 본 말이야. 에윈 앞에서는 당당하게 말했지만……. 어쨌든 나도 테스트만 한 번 해 보면 어느 정도 각이 나오겠지. 안 그래요, 블라우그룬 씨?"

빨치산 요새의 공터에 주차(?)된 칼라미티 레기온과, 여전히 그들의 주변에 있는 한 명의 인간.

청록색 머리칼의 블라우그룬을 보며 이하는 손을 흔들었다.

슈와아아아……!

이하의 곁에서 곧장 연보랏빛이 번쩍였다.

"하이하 님! 오셨습니까! 칼라미티 레기온의 집단 디스펠의 효력 및 그 원천에 대한 연구도 상당히 진행됐습니다. 선결 과제는 그 기능을 드래곤을 포함한 타 종족이 사용 가능한 것인지에 대한 여부이며, 추후 과제로는 저들의 교배를 통한 종족 번식으로 개체를 늘리는 것입니다."

반가움 때문에 한달음에 온 것인지, 연구의 성과를 자랑하기 위해 온 것인지.

자신을 보자마자 블링크를 써 다가오는 블라우그룬을 보며 이하도 오랜만에 헛웃음이 났다.

"으아아, 징하다, 징해. 나 보자마자 그런 말밖에 안 하는 거예요?"

"무, 물론 그건 아닙니다. 엘리자베스 건은 하이하 님의 반려에게 잘 해결되었다고 들어서……."

"흐흐, 장난이에요. 블라우그룬 씨가 즐거워하는 모습을 보

니까 좋네요. 아참, 지금 하나 테스트할 게 있는데 도와줄 시
간은 있죠?"

"물론입니다."

곧장 로그아웃을 하지 않고 이하가 이곳에 온 이유는 하나
였다.

이하는 가방에서 빨치산 요새가 표시된 지도를 꺼내어 펼
쳤다.

"여기로 가 주세요."

"……여기로요?"

블라우그룬과 람화연이 동시에 고개를 갸웃거렸다.

"하이하? 설마 등고선을 모르진 않을 테고. 블라우그룬 님
이 여기까지 가면—."

"응. 일반적인 눈으로는 못 보는 게 맞지. 하지만 이 눈은
볼 수 있을 거야, 아마도. 무엇보다……."

이하는 자신이 짚은 방향을 바라보았다.

블라우그룬이 이동할 공간과 지금 자신이 서 있는 공간 사
이에 있는 몇 개의 언덕.

즉, 이하가 블라우그룬을 살펴보려면 하늘을 나는 재주라
도 있어야 가능한 일이라는 뜻이다.

"이 정도를 해내지 않으면 어차피 카일과 싸울 수 없을 테
니까."

하지만 지금은 그런 스킬에 의존하지 않고 '봐'야 한다.

언덕 몇 개 너머에나 있을 블라우그룬을…….

블라우그룬은 잠시 말이 없었으나 굳이 이하에게 따지고 들지 않았다.

"알겠습니다. 그럼 바로 이동하죠."

"네. 가자마자 연락 줘요."

블라우그룬은 이하가 가리킨 지도의 좌표를 확인한 후, 곧장 텔레포트했다.

─도착했습니다, 하이하 님.

드래곤들의 메시지 마법, 유저들의 귓속말과 동일한 그 말이 들려왔을 때, 이하는 스킬을 사용했다.

"〈마음의 눈〉."

[스킬 사용 대상을 확인합니다.]
[사용 대상: 브론즈 드래곤─블라우그룬 / NPC]
[대상의 위치를 확인합니다.]
[시전자의 마음의 눈과 대상이 연결됩니다.]

"음? 악!"

"왜? 왜 그래?"

람화연은 곧장 이하에게 다가갔다.

멀쩡히 서 있다가 갑자기 무릎을 조금 구부리는 이하의 행동은 결코 일반적인 반응이 아니었다.

람화연은 그를 부축하려 했으나 이하는 심지어 손을 허우적거리는 중이었다.

"뭐, 뭐야, 이거—."

"괜찮은 거야?"

"잠깐— 잠깐만. 화연아, 여기 있어?"

"뭐라고? 당연히 여기 있— 설마……?"

람화연은 등골이 서늘한 느낌을 받았다. 이하는 블랙 베스를 양손으로 쥐고는 바닥을 짚었다.

그가 보이는 말과 행동이 가리키는 결과는 뻔한 것이었다.

"시력이……."

"안 보여, 젠장, 주변이 안 보여. 뭐가 잘못된 것 같은데?!"

스킬을 사용한 직후부터 이하의 모든 시야는 차단된 상태였다.

미들 어스에서 갑자기 찾아온 암흑은 생각보다 큰 공포를 불러일으켰다.

아주 잠깐이지만 패닉에 가까운 상태가 될 정도로 이하가 당황한 것도 그러한 이유였다.

스킬에 피격된 것도 아니고 스킬을 사용하자마자 눈이 안 보인다?

어떤 시스템의 이상으로 버그가 발생한 게 아닌가 하는 생각이 들 정도로 이상한 상황이었다.

그리고 뇌와 연결된 미들 어스에서 그러한 버그는, 실제로 현실의 육체에 어떤 영향을 끼칠 가능성도 있지 않은가.

"괜찮아? 상태 이상 포션부터 마셔 봐."

"어디, 어디—……. 아?"

"왜 그래? 이제 보여?"

람화연은 황급히 가방에서 상태 이상 해제 포션과 스크롤 등을 꺼냈으나 이하는 그녀에게서 물품을 받을 수 없었다.

"응, 보여. 아니, 보인다고 해야 할까?"

이하의 눈에 들어오는 형체가 있었기 때문이다.

"무슨 소리야?"

"주변은 안 보이거든?"

"그런데?"

주변은 여전히 새카만 암흑. 이하 자신의 손은 물론이고 블랙 베스조차 보이지 않는다.

까맣게 변해 버린 세상에서, 이하의 눈에 들어오는 건 너무나 찬란한 색상을 지닌 존재였다.

꽤나 멀리서 꾸물거리고 있었으나, 이하에게 그것이 무엇인지 알아보는 데는 많은 시간이 필요치 않았다.

"그런데…… 블라우그룬 씨는 보여."

"뭐?"

이하는 람화연의 물음에 답하지 않았다. 우선은 확인부터
해야만 했다.

―블라우그룬 씨.
―네, 하이하 님.
―간지러워요? 뭘 그렇게 긁고 있어요? 드래곤도 가슴팍
을 그렇게 벅벅 긁는구나.
―어? 네?
―두리번거리지 마시고.
―저, 저를? 어떻게 보고 계시는 겁니까, 하이하 님?

이하의 입꼬리가 스르르 올라갔다.

스킬 〈마음의 눈〉, 주변의 모든 시야를 포기하고 원하는 대
상만을 또렷하게 보여 주는 효과.
대상의 위치가 어디 있든, 어떤 장해물에 가려져 있든 목표
물을 확인할 수 있다.
그러나 반대로 목표물'만을' 확인할 뿐 주변의 상황은 보여
주지 않는다.
'목표물에게 오롯이 집중하여 침잠한다……. 킥킥, 웃기는

스킬이야.'

얼핏 쓸모없어 보이는 스킬이지만 이하는 그렇게 생각하지
않았다.

'확실히 저격수를 위한 궁극의 스킬이라고 할 수 있겠군. 잘
만 사용한다면—.'

앞으로 이하가 쏘지 못하는 적은 없게 될 것이다. 하물며 목
표물에 대한 제한이 없다면?

'이 스킬을 활용해서 마왕의 조각들을 찾을 수 있을지도
몰라.'

지속 시간은 5분, 쿨타임은 1시간.

이하는 스킬을 해제했다.

"휘유. 쿨 몇 바퀴 돌리면서 테스트 조금만 더 해 봐야겠다."

"괜찮아? 카일은 볼 수 있겠어?"

"이제부터 그걸! 테스트해 봐야지."

카일에게 어떻게 적용되는가.

마왕의 조각에겐 어떻게 적용되는가.

조금 전까지 피곤에 절어 눈도 침침하다는 느낌이 들었건
만, 새로운 스킬을 쓰자마자 이하는 활력이 돌아오는 걸 느
꼈다.

"아참, 어차피 쿨 때문에 시간이 남아서 그러는데 말이야."

"응?"

"샤즈라시안……에서 일이 좀 있었거든?"

"아, 아아. 들었어. 소수민족들이 뭘 했다던데, 도대체 무슨 짓을 한 거야? 엘리자베스를 죽이는 것과 그들이 무슨 관계가 있다고?"

"으음, 얘기하자면 긴데……."

이하는 람화연에게 〈하얀 사신〉 시모에 대한 것부터 이야기를 풀기 시작했다.

과거에 어떤 일이 있었고, 자신이 어떤 퀘스트를 해결했고, 그와 동시에 어떤 업적을 얻었는지.

람화연은 이하의 말을 들으며 줄곧 눈을 동그랗게 뜬 채 아무런 말도 하지 못하고 있었다.

이하는 그녀가 샤즈라시안에 대해 제대로 모르기 때문이라고 생각했다.

"이런 얘기해 봐야, 샤즈라시안 정세에 대해 알지 못하면—."

"내가 왜 모르겠어! 지금 〈신성 연합〉에 눈이 돌아간 사람들이 많지만, 샤즈라시안 소속 유저들에겐 자기네 나라의 정세가 제일 시급한데! 나도 그쪽에서 어떤 일을 할 수 있을지 눈여겨보고 있던 판을…… 그래서, 더 얘기해 봐."

당연히 그럴 리는 없었다.

애당초 미들 어스를 [람롱 그룹]의 새로운 컨텐츠 사업으로 활용하기 위해 미들 어스를 시작한 그녀가, 미들 어스 최초로 공석이 된 국가의 수장 자리를 노리지 않을 리가 없었던 것이다.

"으음, 어차피 엘리자베스를 잡을 거였으니까 그들의 퀘스트를 거부할 필요도 없었고. 그 퀘스트까지 완료하고 나니까…… 또 대우가 바뀌어 버렸거든."

"어, 어떻게? 뭐라고 했어?"

이하가 생각하는 것 이상으로 샤즈라시안 정세에 관심을 갖는 그녀에게, 이하는 그라드 볼가에서 나눴던 이야기들을 말해 주었다.

〈업적: 샤즈라시안 소수민족의 지도자(R-)〉

축하합니다!

당신은 샤즈라시안의 변방에 분포된 소수민족들을 하나로 묶는 데 성공했습니다. 그간 당신이 보인 그들에 대한 헌신과 노력은 그들의 감동을 자아내기에 충분했나 보군요! 샤즈라시안에서 크라바비라는 절대다수의 민족이 힘을 얻게 된 가장 큰 이유는, 바로 분열된 소수 민족이 하나로 뭉치지 못했기 때문입니다. 그러나 지금! 그들 모두가 영웅으로 여기는 당신이 나타나 이끌게 된 이상, 샤즈라시안의 내부에서도 중대한 변화가 일어날지 모르겠네요. 대통령 선거는 4년 중임제임을 잊지 마시고, 당신이 언제, 어느 순간에 활약할 수 있을지 반드시 계산해 보시길 바랍니다.

보상: 스탯 포인트 50개

샤즈라시안 내 소수민족 모든 종족에 대한 친밀도 +100%
샤즈라시안 내 소수민족에 대한 절대적인 지지
샤즈라시안 내 신규 정당 창설 권한 부여
(단, 샤즈라시안 연방 소속 국민에 한합니다.)

〈샤즈라시안 소수민족의 지도자〉 업적의 첫 번째 등록자입니다.
업적의 세 번째 등록자까지 명예의 전당에 기록되며, 기존 효과의
200%가 추가로 적용됩니다.
효과: 스탯 포인트 100개
샤즈라시안 내 소수 민족 모든 종족에 대한 친밀도 +200%

카렐린과 김 반장이 '찰스'를 찾아 떠나고, 그라드 볼가에는
이하와 다므라를 포함한 소수 민족 NPC들만이 남아 있었다.
주변에 있는 자이언트 유저들과 NPC들이 이하를 보며 웅
성거렸고, 바로 그 시점부터 미들 어스 전체로 소문이 퍼져 나
가기 시작했던 것이다.
그러나 그들도 수백 명이나 되는 소수민족 NPC들의 한가
운데 있는 이하와 다므라의 대화를 듣지 못했으므로 이러한
말들은 퍼져 나가지 못했었다.
"지도자께서는 약속을 지키셨습니다. 저희는 향후 샤즈라
시안에서 공식적으로 일어나는 모든 일에 대하여, 지도자님
을 추천하려 합니다."

"으음, 그게 정말…… 잘 하는 일일까요? 저야 일단 제가 도움 받을 것도 있고 해서 그랬던 것뿐인데. 일단 퓌비엘 왕국 소속이거든요, 저는."

황송스럽기까지 한 대접에 이하는 슬쩍 발을 빼려 했으나 그것도 쉬운 일은 아니었다.

다므라의 곁에 있던 노인이 불쑥 나타나 이하를 보며 말했다.

"그 점에 대해서는 염려하지 않으셔도 됩니다. 저희가 비록 소수민족이라지만 공직에 아무도 없는 건 아니거든요. 이민국에 저희 부족의 아이들이 몇몇 있습니다. 판린드의 후예 두 사람만 구할 수 있으면, 영웅 하이하 님을 과거 판린드가 있던 주州 소속의 시민으로 귀화하는 건 일도 아니지요."

다므라보다는 큰 덩치였으나 일반 자이언트보다는 작은 느낌이 있는 노인이 웃었다.

치아가 빠진 것도 개의치 않고, 오직 이하를 향한 기대와 희망만으로 가득 찬 순수한 미소였다.

"그, 그거야…… 으음. 우선 말씀드릴 건, 저는 〈신성 연합〉의 일을 우선시해야 한다는 점입니다. 마왕의 조각들이 곧 마왕을 깨울지도 모르고, 그렇게 되면 로페 대륙 전체가 위험해지니까요. 샤즈라시안 소속으로 당장 바꿀 수도 없는 노릇이고, 당연히 여러분들께서 도와주신다지만 제가 이곳에서 활동할 수 있는 여유 시간은 없어요."

정치는 그냥 할 수 있는 게 아니다.

아무리 소수민족 전원이 만장일치로 이하를 밀어 준다지만, 그것만으로는 부족한 것도 사실이다.

하물며 이곳에서 지속적인 활동을 한다고 선언한 카렐린에 비하면, 이하의 힘은 얼마나 떨어지는 것인가.

그런 점을 짚어 주기 위해 이야기를 꺼낸 셈이었으나, 정작 소수민족 NPC들의 눈은 전보다 더 초롱초롱 빛나고 있었다.

"역시, 역시 영웅이십니다."

"대의를 위해서 일신의 영달 따위는 개의치 않는 그런 모습……."

"저희 서른셋 소수 민족들을 대표하시는 분이라면, 저희 샤즈라시안을 이끌어 주실 분이라면 응당 그런 태도를 견지하셔야지요! 더 바랄 게 없을 지경입니다!"

이하가 진지하게 말한 것이 NPC들에게는 사익보다 공익을 추구한다, 라고 인식이 되어 버렸기 때문이다.

다므라는 이하에게 더욱 가까이 다가와 그의 손을 덥석 잡았다.

"하이하 님께서는 평소처럼 행동해 주시면 됩니다. 〈신성연합〉에서 하시는 그 모든 활동, 그 모든 노력들을 저희가 결코 헛되게 만들지 않을 테니까요. 샤즈라시안의 연방 결속을 뛰어 넘어 로페 대륙 전체의 평화를 위해 노력하시는…… 지도자님의 행보를— 크흑. 결코, 결코 무시당하지 않게 만들겁니다."

눈물까지 뚝, 뚝 흘리며 말하는 다므라에게 이하는 아무런 말도 할 수 없었다.

그리고 다므라로부터 시작된 감동의 물결은 주변으로 점차 퍼지는 중이었다.

"옳소! 이런 분이 대통령이 되어야 차별 없고 다툼 없는 나라가 되는 거 아닙니까!"

"그렇지, 그렇지! 반드시 우리가 그렇게 만들어야 해요! 이번 엘리자베스 사살 건을 시작으로, 본격적인 행보를 보입시다!"

와아아아아——————————

우리가—————————— 만들자!

제 흥에 취하고 분위기에 취해 소리치는 소수민족 NPC들을 보며 이하는 한숨을 내쉬었다.

"그래요, 그럼. 뭐, 알아서들 해 주세요. 아참, 엘리자베스의 사체도……. 양지바른 곳에 묻어 주시길 바랄게요."

어차피 당장 자신이 할 수 있는 일은 없다.

이하가 그라드 볼가를 떠나며 받아 온 것은 33개의 소수민족 대표 NPC들의 이름과 현재 거처가 적힌 종이쪽지 하나였다.

"그거 어딨어!"

"어, 어?"

"그거, 받았다는 종이!"

"종이가……. 어디 보자."

이하는 바로 그 아이템을 주섬주섬 꺼냈다. 건네주기도 전 람화연은 번개처럼 그것을 가로챘다.

람화연의 눈동자가 굴러가는 게 이하에게도 보일 정도였다.

불과 몇 초도 되지 않아 그녀는 다시 종이를 이하에게 주었다.

"안 가져도 돼?"

"다 외웠어. 그리고 반드시 카일도 죽여야 해. 아니, 기왕이면 마왕의 부활도 막고! 하여튼 팍팍 활약해."

"으, 응? 다 외웠─ 아니, 그거야 어차피 내가 하고자 했던 일인데─."

"그렇게만 해. 당신은 그 일만 하면 돼."

나머지는 나에게 맡겨.

람화연은 굳이 뒷말을 이야기하지 않았으나, 이하도 그녀가 무슨 생각을 하고 있는지는 대충 알 수 있었다.

안에서는 소수 민족의 NPC들이, 밖에서는 람화연. 그리고 양쪽 모두에서 필요에 따라 람화연의 지휘가 곁들여진다면?

현시점에서 아무리 강력한 권력을 지닌 카렐린이라 해도 결코 무시할 수 없는 세력이 될 것이다.

이럴 때마다 드는 생각은 역시나 하나뿐이었다.

'여자 친구라 진짜 다행이라니까.'

이하가 람화연과 함께 〈마음의 눈〉을 테스트하기에 여념이 없을 때, 샤즈라시안에서 그가 일으킨 활약은 꽤 널리 퍼지게 된 상태였다.

　랭커가 된 데다, 누적 스탯 1위가 되어 버린 이하의 행보에 더욱 많은 사람이 집중하기 시작했기 때문에, 소문도 그만큼 빨리 전달이 되었던 것이다.

　"흐음, 그렇다면……. 조만간 신대륙 동부로 향해 오겠군요."

　"시티 페클로에서 새로운 정보를 획득할 수 없다는 걸 알고 들 있을 테니 이번에는, 크흠, 마탄의 사수 님의 힘만으로 저지하기 어려울 겁니다."

　메데인의 말을 들으며 치요는 고개를 끄덕였다.

　카일의 압도적인 힘이 있다지만 그 능력을 최대한 효율적으로 쓸 수 있었던 건 〈신성 연합〉의 목표가 명확했기에 가능한 일이었다.

　최대한 산개한 채 신대륙 동부로 진격해 온다면, 카일이 아무리 실력이 좋아도 그들을 전부 학살하는 건 불가능하다.

　"일부러 다 막을 필요도 없지 않겠어요? 어차피 저들의 목표는 하나, 마왕의 조각들을 찾는 거니까. 그곳에 미리 가서 그들을 맞이하면 될 것 같은데, 어떻게 생각하세요?"

　그리고 당연히 치요가 그런 생각을 하지 못했을 리가 없다.

치요의 말을 들으며 메데인과 칼리가 움찔거렸다.

"그건, 아직 알 수 없습니다."

"저희도 제대로 파악하지 못한 데다가……."

그것을 말해선 안 된다.

"어쨌든 마왕의 조각들이 현재 위치한 장소에 대해서…… 키워드라도 얻지 않았을까 싶은데."

치요는 두 사람을 보며 웃었다.

그러나 벌써 몇 번의 치명적인 계획을 성공시킨 그녀의 미소는, 메데인과 칼리에게는 뱀의 얼굴처럼 보일 지경이었다.

치요가 어떤 생각을 하고 있는지 명확하게 파악하지 못한 지금, 그녀에게 시티 페클로에 숨겨져 있던 모든 비밀을 알려 준다면?

'우리를 버리고도 남을 여자야.'

'젠장, 하지만 아쉬운 건 우리고…….'

영원히 신대륙 동부를 떠돌 것인가.

이곳에서 숨바꼭질처럼 〈신성 연합〉의 세력을 피해 다니며 마왕의 조각들이 돌아오길 기다릴 것인가.

"저를 신뢰하지 않으셔도 좋지만, 제 능력에 대해서는 의심의 여지가 없지 않을까요? 여러분께서 해독하지 못한 키워드에 제 머리만 잠시 빌려드리겠다는—."

"웃기고 있네, 시발년이."

"—음?"

치요의 말을 끊으며 누군가가 다가왔다.

치요는 카일을 향해 고개를 돌리다 황급히 동작을 멈췄다.

어째서 저자가 다가오는데 알려 주지 않았냐, 라고 캐물으며 노려보는 게 자신에게 오히려 손해가 될 거라는 걸 알았기 때문이다.

"큭큭큭……."

나무에 기대고 선 카일은 그저 웃기만 하고 있었다.

"파우스트, 오랜만이네요?"

치요는 카일에게서 신경을 끄곤 자신에게 욕설을 내뱉은 새하얀 비늘 피부의 인간을 향해 미소를 보였다.

Geschoss 6.

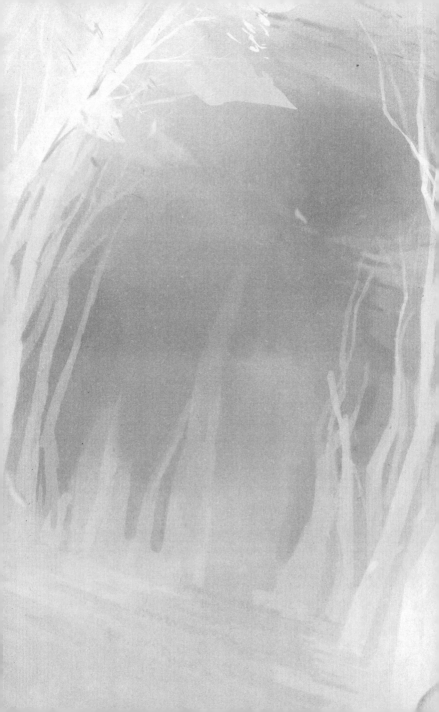

파우스트는 치요의 인사에 답도 하지 않았다.

치요와 카일 쪽은 거들떠보지도 않고 새하얀 비늘의 리자디아는 어딘가로 걸어갔다.

그가 향한 자신이 없을 때 마왕군을 지휘했던 두 명의 유저였다.

"이 병신 새끼들이…… 몬스터도 다 잃고, 칼라미티 레기온도 뺏기고 거기에 더해 시티 페클로까지 폭파시켜서는—."

"파, 우스트."

"파우스트 씨."

메데인과 칼리는 역시나 악명 높은 길드의 마스터다웠다.

귀신이라도 본 것 같은 놀란 표정을 지우기까지는 1초도 채 걸리지 않았고, 그들은 오히려 담대한 자세로 파우스트를 마주 보고 있었던 것이다.

그런 그들에게 오히려 당황한 건 파우스트였다.

"파우스트 씨? 건방지게—."

"말을 삼가 주시죠, 파우스트. 애당초 당신이 삐뜨르에게 진 시점부터 모든 일이 꼬이기 시작한 게 아닙니까."

얼마 전까지 간이며 쓸개며 모조리 빼어 줄 기세로 아부를 떨던 그들이, 자신이 로그아웃했던 사이에 이토록 변했단 말인가.

심지어 이런 일이 일어나게 된 발단에 대해서는 그들이 한 말이 맞았다.

파우스트는 잠시 움찔거렸으나 이 정도로 자신의 화를 삭일 수는 없었다.

"뭐? 어따 대고 감히! 내가 마음만 먹으면, 당장이라도 네 녀석들의 마기를 재조정할 수 있다는 걸 잊고 있나 본데. 나는 레 백작님에게 직접 마기를 전수받은, 총지휘관이라는 걸 잊지 마."

자신에게는 힘이 있으니까.

파우스트는 푸른 수염, 기브리드, 피로트—코크리가 위임할 수 있는 모든 종류의 권한을 한 몸에 받았다.

그런 그가 더욱 원활한 통솔을 위해 메데인과 칼리에게 그 권한의 일부를 재위임한 것뿐이다.

즉, 파우스트가 원한다면 메데인과 칼리는 지금 당장이라도 일반적인 마왕군 소속 유저와 동등한 위치로 강등시킬 수 있다는 뜻이었다.

"그렇게나 '백작님'을 모실 줄 몰랐는데~?"

싸늘해진 분위기 속에서 일부러 더욱 밝은 톤을 내며 치요가 말했다.

파우스트는 그녀를 바라보았다. 리자디아 종족 특유의 뾰족한 이빨들이 갈리는 소리가 크게 울렸다.

"너는 닥치고 있어. 마음 같아선 지금 당장이라도 확……."

"어머나, 우리 파우스트 씨에게 그럴 능력은 있을까?"

"뭐?"

"냉혈 동물 종족을 골라서 플레이하고 있다면, 냉철하게 생각할 줄 알아야지 않겠어? 만약 지금 당신이 메데인과 칼리의 마기를 재조정한다면, 그들을 보고 따라온 길드원들이 자기 말을 들을 것 같아?"

치요는 메데인과 칼리를 보며 눈을 찡긋거렸다.

파우스트의 기세에 잠시 눌렸던 두 명의 길드 마스터는 순식간에 당당한 포즈를 취하고 섰다.

다시 한 번 파우스트의 이가 갈렸다.

"그딴 쿠데타를 용납할 것 같아?"

"글쎄? 쿠데타가 상부의 용납을 받아 가며 진행되던 일이었나? 어떻게 생각해?"

"이익―."

새하얀 리자디아의 손에서 순식간에 마기가 생성되었으나 곧 허공으로 흩어졌다.

그의 눈이 빠르게 훑은 건 역시나 카일이었다.

마왕군 페널티 때문에 게임에 접속하지 못했을 뿐, 소식을 듣지 못한 건 아니다.

인터넷 커뮤니티에서 떠도는 내용이라면 파우스트 또한 전부 파악하고 있었으므로, 치요가 어째서 이렇게 당당한 목소리를 내는 줄 알고 있었다.

'마탄의 사수……. 망할 년. 찢어 죽일 년!'

파우스트는 분노로 몸이 떨릴 정도였으나 그 또한 지능형 플레이어다.

이 와중에 섣부른 움직임을 보인다면 최종적으로 손해를 보는 게 자기 자신이라는 걸 아주 잘 파악하고 있었다.

"메데인, 칼리, 삼총사까지 모조리 잃은 네 녀석들의 죄는 결코 가볍지 않지만…… 어쩔 수 없지. 이번 일은 그냥 넘어가도록 하겠다."

"……고맙습니다."

"앞으로도 파우스트 씨의 보좌에는 소홀히 하지 않을 테니 그 점은 걱정하지 마십쇼."

메데인과 칼리도 껄끄럽기는 마찬가지였다.

마왕군 병력을 잃고 삼총사를 잃은 것은 어쩔 수 없는 일이었다. 그러나 시티 페클로 폭파만큼은 어쨌든 파우스트를 정면으로 배신한 게 맞지 않은가.

그 와중에도 자신들의 위에 군림하겠다는 파우스트의 태도가 영 마땅치 않았으나, 그들 또한 마왕군의 조직 와해는 두고 볼 수 없었으므로 결국 '합의'를 본 셈이다.

"그래서 시티 페클로 안에서 뭘 봤지."

"음? 파우스트 씨는 안 본 겁니까?"

무엇보다 메데인과 칼리에게도 쥐고 있는 카드가 있기 때문에 가능한 일이었다.

시티 페클로 안에 남겨져 있던 정보, 즉, 마왕의 조각들이 어디로 향했는지에 관한 정보는 파우스트조차 파악하지 못하고 있었기 때문이다.

"아니. 내가 혹시나 놓친 게 있을까 봐 그런 거다. 우리들의 정보를 서로 맞춰 봐야 하지 않겠나. 혹시 저번과 같은 변수가 생겼을 때 완벽하게 대비하려면 말이다."

"흐으응…… 파우스트 당신의 머리로도 해독할 수 없는 키워드가 있었나 보죠?"

"크흠, 나는 전부 다 알고 있지. 그저 빠진 게 있을지 걱정돼서 그런 것뿐이다."

치요의 눈이 번쩍였다.

파우스트는 헛기침을 하며 그들에게 말했다.

메데인과 칼리 그리고 파우스트와 치요 사이에서 잠시 정적이 흘렀다.

동상이몽 그 자체의 상황에서, 먼저 말을 꺼내는 자는 불리할 수밖에 없다.

　심지어 동상이몽에 빠진 상태라는 걸 모두가 눈치채고 있는 상황에서는 더더욱 그렇다.

　메데인과 칼리는 시티 페클로에서 본 정보를 최대한 아껴야 한다.

　파우스트는 마왕군 총지휘관으로 임명된 자신의 권한을 최대한 살려야 한다.

　치요는?

　마탄의 사수라는 카드가 있는 한, 그녀의 신변에는 별다른 걱정이 없다. 그녀는 메데인과 칼리 그리고 파우스트마저도 자신의 뜻대로 움직이게끔 만들어야 한다.

　그러한 점에서, 치요가 한발 앞선 것이나 마찬가지였다.

　"어차피 우리 모두가 쫓겨야만 하는 입장이라는 건 잘 알고 있을 거예요. 아까 메데인과 칼리 씨에게도 말했지만……. 정처 없이 떠도는 것보다는, 특정한 목적지를 갖고 움직이는 게 좋을 것 같은데."

　"백작님이― 마왕의 조각들이 있는 곳으로 가자는 건가. 미친 소리를 하는군."

　"어머나, 어째서 그렇죠?"

　"만약 우리의 움직임이 걸린다면 끝이야. 〈하우스하우스〉들이 눈을 부릅뜨고 있는데 함부로 움직이는 건 자살행위지.

〈신성 연합〉에서 그 장소를 확인이라도 하는 날에는 어떻게 되는지 알기나 하나."

파우스트는 치요의 의견에 반박하고 있었으나, 파충류의 눈은 메데인과 칼리를 흘끗거렸다.

이 여자를 100% 믿어선 안 된다. 정보를 결코 누설하지 말라.

굳이 그러한 몸짓을 보이지 않아도 메데인과 칼리는 치요에게 말할 마음이 없었다.

치요가 한마디를 더 언급하기 전까지는…….

"저들의 진격은 결국 하이하가 엘리자베스를 처치했기 때문에 가능한 일이죠. 어쨌거나 '이쪽'과 상대할 수 있다고 생각하고 있으니까. 하지만……."

치요는 파우스트와 메데인, 칼리를 향해 걸었다.

주변의 마왕군 유저들에게 들리지 않을 정도로 한껏 낮춘 목소리로 그녀는 말했다.

"만약 하이하가 미들 어스에 접속할 수 없다면? 앞으로…… 영원히."

"뭐? 무슨— 미친 소리를…… 치요 당신이 아무리 힘이 있어도 그런 건 불가능할 텐데."

파우스트가 흠칫거리며 답했다.

치요는 파우스트를 향해 어깨를 으쓱이고는 메데인과 칼리를 바라보았다.

"글쎄요. 파우스트 씨는 오히려 못 알아들으시려나? 이쪽

분들은 이해했을 것 같은데. 여러분들도 '가끔' 쓰는 방법이잖아요?"

메데인과 칼리가 현실에서 어떤 직업군에 몸을 담았었는가.

그들이 현역이든, 전직이든 관계없이 한 번 정도는 반드시 경험을 했다는 걸 치요는 알고 있었다.

"그런 방법이……."

"하긴, 서로 가깝다고 했었던가."

현실에서의 제재.

만약 그런 게 가능하다면 게임의 능력과는 관계없이 플레이를 못하게 만들 수 있다.

파우스트도 늦게나마 치요의 말을 이해하곤 물었다.

"마, 말도 안 돼. 치요 당신이 어떻게? 한국과 일본이 가깝다고, 그, 그런 일이 가능하진 않을 텐데."

"그건 나만의 방법이니 당신은 몰라도 돼요. 아니, 그리고 애초에 그런 방법까지 택하지 않아도…… 그쪽이 이길 확률이 높다고 생각하나요?"

치요는 턱만 까딱거렸다.

굳이 누군가를 가리키지도 않았으나 파우스트, 메데인, 칼리의 눈은 동시에 카일을 향해 있었다.

하이하를 기준으로 한 〈신성 연합〉의 세력은 확실히 강력하지만 그것이 마탄의 사수에 비할 만한가?

파우스트는 여전히 반신반의하고 있었지만, 카일의 활약을 직접 보았던 메데인과 칼리는 그러한 점에서는 별다른 의심을 하지 않았다.

파우스트와 메데인, 칼리의 표정이 서로 교차될 때쯤, 치요는 마지막 공격을 날렸다.

"거기에 더해, 〈신성 연합〉이 최대한 수색망을 펼쳐서 이동한다면? '우연히'라도 마왕의 조각들이 있는 곳을 발견한다면? 적어도 믿을 수 있는 몇 사람이라도 그곳에서 방어선을 구축해야 하는 게 아닐까 싶은데."

우연의 가능성.

설령 이루어지든, 이루어지지 않든 그 가능성에 대해서 언급한다면 신경을 쓰지 않을 수 없다.

눈을 깜빡이는 것에 대해 의식한 순간, 입속에서 혀의 위치에 대해 신경을 쓴 순간부터 그것을 잊기가 힘든 것과 마찬가지라는 걸 치요는 잘 알고 있었다.

'말해야 하나.'

'파우스트는 몰라. 말한다면 치요에게만 말해야 해.'

'아니, 치요에게만 말하는 게 더 악수일 수도 있다. 차라리 우리가 스스로 해석해서 찾는 거다.'

'우리?'

메데인과 칼리의 눈이 마주쳤다.

[우리]?

마왕군에 소속되기 전까지 두 길드는 교류조차 얼마 없었다. 이제 와서 '우리'라는 통속으로 묶일 수 있는 걸까?

마왕군이 승리하되, 길드 시날로아가 무너지는 그림이 나온다면?

반대로 로스 세타스가 와해되고 길드 시날로아만 살아남는다면?

'어차피 파우스트는 허수아비다. 메데인을 경계해야 해.'

'가장 믿지 못할 새끼는 칼리, 이 새끼야.'

메데인과 칼리는 얼굴 표정 하나 변하지 않았다.

오히려 그런 생각을 하며 서로가 서로에게 옅은 미소를 띠울 정도였다.

결국 종류는 달라도 제각기 카드를 한 장씩 쥔, 심지어 겹치는 카드를 나눠 쓰고 있는 메데인과 칼리를 포함하여 네 사람의 생각은 하나뿐이었다.

[어떻게 해야 내가 살아남지?]

〈신성 연합〉의 유저들과는 근본부터 다른 그들이 서로의 수를 읽어 내고 자신의 수를 내기 위하여 머리를 굴리고 있을 때.

"으음."

"음? 무슨 일 있으신지요."

카일이 낮은 신음을 내었다. 치요는 황급히 그의 곁으로 다가가 자세를 낮췄다.

카일은 잠시간 답지 않았다.

치요는 그의 한쪽 눈에서 푸른빛이 번쩍이는 것을 보았다.

"큭큭큭…… 그런가."

"네?"

카일은 조용히 중얼거렸다.

치요는 카일의 말을 들으면서도 혹여 파우스트들이 들을까
노심초사했으나 카일이 그런 것에 신경 쓸 리가 없었다.

그의 입꼬리가 스르르 올라갔다.

"오랜만이지 않나, 블랙 베스."

"블랙…… 설마?"

치요가 황당한 표정으로 카일을 올려다보았다. 카일의 검
은 눈과 푸른 눈, 그 어떤 것도 치요를 바라보고 있지 않았다.

잠시 후, 그의 초점이 돌아왔다.

"아니, 아무것도 아니다."

그것은 〈마음의 눈〉 스킬을 사용한 이하도 마찬가지였다.

"이런, 미친."

"왜, 왜?"

"블라우그룬 씨! 아까, 아까 그 간질거리는 무슨 느낌이 든
다고 했었죠!?"

이하는 람화연의 말을 무시하며 블라우그룬에게 다급히 물

었다.

다시금 요새로 텔레포트해서 돌아온 블라우그룬이 고개를 갸웃거리며 답했다.

"그렇습니다. 그리 길지 않은 생이었지만 처음 느껴 보는─."

"그게…… 이거였던 것 같아요."

"네?"

"〈마음의 눈〉은, 단순히 보기만 하는 게 아니야."

스킬 〈마음의 눈〉의 대상으로 카일을 지목하고 불과 몇 초도 지나지 않았다.

온통 새카맣게 변해 버린 시야 속에서, 이하는 어느 지점에 서 있는 밝은 형체를 보았다.

나무에 기대고 있는 포즈까지도 정확하게 보이고, 조금만 더 자세히 보려고 한다면 그의 눈빛까지 마주 볼 수 있을 정도로 또렷하게 보인 대상.

"보기만 하는 게 아니라뇨?"

─큭큭큭…… 내가 들었던 그 목소리가, 역시나 그것인가.─

"말하자면, 으음, 상대방과 '연결'되는 것 같아요. 블라우그룬 씨는 어색해서 몰랐지만─. 자미엘은 알고 있었어."

그 대상도 이하를 똑바로 바라보고 있었다.

이하는 침대에 누웠으나 막상 잠이 오질 않았다.

'뭔가 꺼림칙한 느낌이 들자마자 스킬을 해제하긴 했는데…… 못 봤겠지? 날 본 건 아니겠지?'

왼쪽으로 눕고, 오른쪽으로 누우며 뒹굴어도 머릿속에서 생각이 사라지질 않았다.

무엇보다 그가 자신을 못 봤을 거라고 생각하는 건 너무 안일하지 않은가.

이하는 카일의 행동거지까지 정확히 보았다.

나무에 기대고 팔짱을 낀 채 무언가 따분한 얼굴로 있던 카일이 움찔거리기도 잠시, 그는 놀란 눈으로 자신을 바라보지 않았던가.

그것이 눈을 마주친 것이었나.

카일이 지금 자신을 보고 있는 건가, 아니면 이하 자신과 같은 방향에 서 있던 무언가를 보는 와중에 그저 겹쳤을 뿐인가. 오랜만에 본 한없이 늙어 보이고 또 한없이 어려 보이는 그 얼굴이 바라보고 있던 건 자신이었을까.

이하는 잠시 생각하다 한숨을 내쉬었다.

'봤어. 분명히 봤어. 심지어 뭐라고 말하려고 했었어. 이걸 우연이겠지~ 하고 넘겼다간 반드시 나중에 피 본다.'

일단은 봤다고 인정하는 게 옳다.

무언가 빛이 일렁거리는 한쪽 눈동자는 확실히 이하가 '모르는 것'이었으나, 카일=자미엘은 정정했고 자신을 본 게 틀림없다.

'근데 어떻게? 쿨 한 바퀴 더 돌리고 기정이한테도 써 봤지만 아예 몰랐는데.'

기정도 뭔가 온몸을 긁적거렸지만 아주 잠시뿐이었다.

이하는 일부러 기정에게 귓속말도 하지 않은 채, 〈마음의 눈〉 지속 시간이 다 될 때까지 그를 관찰했기 때문에 알 수 있었다.

5분 동안 〈마음의 눈〉 스킬을 사용한 상태에서 목표물을 확대하는 기능까지 있다는 걸 파악했지만 그 모든 동작을 하는 동안에도 기정은 이하를 눈치채지 못했다.

만약 이하가 자신의 행동을 빤히 보고 있는 줄 알았다면 당장이라도 귓속말을 보냈을 성격이니까.

그것은 기정뿐만이 아니었다. 스킬 쿨 타임을 다시 한 바퀴 돌린 후 블라우그룬에게 사용했을 때에도, 블라우그룬은 역시나 알아채지 못했다.

'간지럽다는 감각이 조금 들 뿐이라고 했어. 그 감각이 무엇인지 알면서도, 블라우그룬 씨는 내가 자신을 보고 있다는 느낌은 들지 않았다고 했다. 그렇다면 역시…… 〈마음의 눈〉이란 건 대상에게 접속하는, 어떤 미들 어스 시스템적인 무언가가 작동되는 거야.'

그 생경한 감각 때문에 일반적으로는 잠시 가려움을 느끼고 만다고 볼 수 있지 않을까.

이하의 스킬 효과에 대한 설명과 블라우그룬의 스킬 피격에 대한 설명을 들은 람화연 또한 같은 결론을 냈었다.

만약 그러한 상태일 때, 카일이 자신일 볼 수 있었다면 역시 원인은 하나밖에 없다.

'자미엘.'

시공간을 넘나들었던 마탄의 악령.

언젠가 마탄의 사수의 기억을 되짚어가던 여정에서도, 그는 과거의 자미엘이었으면서 동시에 현재의 자미엘이었다.

그 정도의 능력이 있다면 자신에게 낯선 무언가가 '접속'해 들어온다는 개념에 대해 잡아채는 건 일도 아닐 것이다.

'하물며 유저가 아니고 NPC 비스름한 존재인데. 당연히 그런 기능은 삽입되어 있겠지.'

미들 어스 최강의 NPC라고 봐도 과언이 아니지 않은가.

특정 정보를 삭제Delete시켜 버릴 수 있는 AI에게 있어 이하의 〈마음의 눈〉 간파 정도는 큰일도 아닐 것이다.

"젠장, 에윈 앞에서 떵떵거린 게 후회되는데. 이래 가지고 카일을 상대할 수 있으려나?"

결국 이하가 걱정하는 건 바로 이것이었다.

〈마음의 눈〉은 상대를 또렷하게 볼 수 있게 해 준다. 해당 대상에게만 집중한다는 설명처럼 주변이 모두 삭제되긴 하지만, 해당 대상의 크기까지 확대시켜 볼 수 있을 정도다.

문제는 '방향'과 '대상의 움직임'만을 보여 준다는 것!

'얼마나 떨어져 있는지는 알 수가 없었어.'

자신이 목표로 하는 대상과의 거리를 알 수 없다? 이것은 사격에 있어서는 치명적인 결함이다.

엄밀히 말하면 〈마음의 눈〉은 대상의 '위치'를 알려 주는 게 아니라는 뜻이다.

'방향을 보고, 대상의 움직임을 확인한 후…….'

해당 방향으로 얼마나 떨어져 있을지 모르는 거리는, 스킬을 사용한 개인의 능력으로 파악하라는 뜻.

주변의 시야가 전부 암전되는 것도 바로 그런 이유일 것이다.

〈마음의 눈〉 한 가지만으로 대상의 완전한 위치를 알려 주는 것은 미들 어스의 밸런스를 파괴할 수도 있는 정보니까.

'사용할 자격이 있는 자만이…… 사용할 수 있다는 거겠지.'

이런 불완전한 스킬을 이하 자신의 능력으로 보완해 가며 사용해야 한다.

그것도 자신이 스킬의 대상이 되었음을 알아차리는 존재, 카일을 상대로.

"흐……흐흐. 어처구니가 없어서 웃음만 나오네. 하지만 결코 불리한 건 아니지. 나도 불리한 게 아니야."

카일이라고 100% 자신의 위치를 파악할 수 있는 건 아니다. 그건 이미 지난번 탐색전에서 파악했던 정보다.

라르크, 신나라, 기정 등에게 정신을 빼앗긴 카일은 〈녹아 드는 숨결〉로 접근한 이하를 발견하지 못했다.

만약 무조건적으로 이하를 파악할 수 있었다면 이하는 그 때 이미 죽었으리라.

'하지만 지금은 다르지. 공략 방법이 있어. 아직 이것까지 는 테스트해 보지 못했지만!'

방아쇠를 당길 수 있는 순간이 있다. 〈커브 샷〉으로 계산하 고 쏘는 게 아니다.

이번엔 미들 어스의 시스템이 도와주는 새로운 스킬이 있 으니까.

〈업적: 기묘한 탄환(R)〉

대단하군요!

당신은 마침내 탄환의 움직임을 완벽하게 파악하고 통제할 수 있 게 되었습니다. 오직 직선의 에너지밖에 가질 수 없는 물체를 자유 자재로 움직여, 전설을 넘어선 일을 해낸 당신! 당신이 보여 준 신기 神技는 먼 훗날 언젠가, 머스킷을 사용하는 모든 이들에게 신화처럼 여겨질지도 모르겠습니다. [〈커브 샷〉을 사용해 대미궁을 돌파한 자 가 있다고 얘기해 주었던가? 그분만이 아니라, 아주 오래전, 탄환으 로 탄환을 맞추는 기적을 보인 자가 있었다네. 그자의 기묘한 탄환 은 살아 있는 것처럼 장해물을 피해 가며 목표물에 도달했다고 하는 군. 마치 탄환 자체가 의지를 가진 것처럼 말이야.] 과연 어떠한 일을 더 보여 줄 수 있을까요? 뒤에 이어질 이야기는 바로 당신이 만들어 내는 것입니다.

　보상: 스탯 포인트 75개

　스킬-의지의 탄환 획득

　〈기묘한 탄환〉 업적의 첫 번째 등록자입니다.

　업적의 세 번째 등록자까지 명예의 전당에 기록되며, 기존 효과의 200%가 추가로 적용됩니다.

　효과: 스탯 포인트 150개

〈의지의 탄환〉

　설명: 뜻이 있는 곳에 길이 있다. 뜻을 갖게 된 탄환은 자신이 목표로 하는 것에 다가가는 최선의 길과, 최악의 피해를 주는 것만을 생각하게 된다. 탄환의 앞을 가로막는 게 무엇이냐, 웬만한 속도로는 나를 막을 수 없을지니.

　효과: 목표 대상 자동 추적 후 즉사 포인트 적중

　발동 조건: ―목표 대상이 무기의 최대 사거리 이내에 포함될 때.

　―사용자가 목표 대상을 인지하고 있을 때.

　―사용자와 목표물 사이에 대상 무기의 이동 속도 이상의 장해물이 없을 때.

　마나: 2,000

　지속 시간: 즉시

쿨타임: 24시간

'단순 커브가 아니다. 한두 번 휜다는 의미가 아니야. 만약 〈의지의 탄환〉이 정말 내가 생각하는 그런…… [유도탄]의 효과라면!'

해볼만 하다.

하물며 엘리자베스 사살 후 얻은 스킬 중 하나인 〈멀리, 더 멀리〉 덕분에 최대 사거리는 30% 늘어났고, 〈빠르게, 더 빠르게〉 덕분에 탄속 또한 20% 증가하지 않았던가.

'현재 내 탄속은 약 초속 990에서 1,000m 사이. 웬만한 탄환보다 더 빠르다. 거기에 LRRS 상태에서 늘어난 최대 사거리를 기준으로는 거의 17.5km 전후는 될 거야.'

카일이 그 안에만 들어온다면. 〈마음의 눈〉으로 위치를 확인하고 〈의지의 탄환〉을 쏘아 내기만 하면 된다.

카일과 이하 자신 사이에 있는 그 어떤 장해물이라도 이하의 탄속보다 빠르기는 어렵다.

하물며 미들 어스에서 이하가 마음에 들어 하는 점이라면 총구에서 탄환이 갓 빠져나간 '총구 속도'와 목표물 인근까지 이동한 이후의 '도달 속도'의 차이가 그리 심하지 않다는 점!

'최대 사거리까지 날아가서 탄속이 많이 떨어졌다고 해도 최소 700m/s는 넘게 될 테니…… 괜찮아.'

바위나 나무 따위의 무생물들은 알아서 회피할 것이며, 재수가 없어서 그사이에 새가 몇 마리 날아간다 해도 탄환보다 빠른 속도를 낼 수는 없다.

즉, 거리 안에만 들어온다면 카일은 반드시 피격된다.

'그것도 즉사 포인트에. 애매하게 종아리가 뚫렸다거나 어쩌거나 할 리가 없어. 반드시 죽는다.'

이하가 원하는 건 그저 단 한 번의 기회일 뿐이었다.

결코 방심하지 않기 위해, 자만하지 않기 위해 항상 스스로 불리한 조건이라 가정한 채 계산하는 이하였으나, 이번만큼은 흥분과 기대감을 떨치기가 어려웠다.

"엘리자베스 사살 난이도가 그만큼 높았다는 거겠지만. 이제 더 이상 기다릴 이유도 없어."

운 따위를 노리고 싸우는 게 아니다. 하물며 〈의지의 탄환〉이 있어도 카일이 사거리 이내에 들었는지, 안 들었는지를 판단하는 건 이하 자신이다.

쿨타임 24시간짜리 기회를 놓치면 반대로 이하 자신이 카일에게 노려질 확률이 더 높다.

"그래도…… 그 어느 때보다 카일을 죽일 가능성이 커졌다는 거겠지."

그동안의 노력과 고생으로 인하여 받은 보상. 이제는 그것을 활용할 일만 남았다.

'카일을 죽이고 마탄의 사수가 되겠다' 따위의 추상적인 목표는 이미 생각도 나지 않는 이하였다.

지금 자신이 원하는 일은 오직 하나, 카일의 몸에 블랙 베스의 탄환을 박아 넣는 원초적인 일뿐이다.

"이하 형은 아직도 안 왔나? 빨리, 빨리 좀 가고 싶은데!"

"케이, 아직도 진격 시간까지는 3시간이 넘게 남았어."

"그래도요! 이하 형이 일단 오면 앞당겨서 움직일 수도 있잖아요."

기정은 흥분을 감추지 못한 채 소리쳤다.

이하가 에윈에게 제시했던 5일간, 〈신성 연합〉은 미들 어스 내에서 충분한 소집 활동을 벌였다.

시끌벅적해진 유저들이 커뮤니티로 옮겨 간 홍보 효과까지 생각하면 확실히 그 여파는 대단한 것이었다.

이번에야말로 반드시 마왕의 조각들을 찾아내 없앨 수 있다는 에윈의 자신감은 고스란히 유저들에게 전달되었다.

즉, 이번 진격을 사실상의 〈마왕의 조각과 관련된 마지막 이벤트〉로 인식한 유저들은 당연히 엄청나게 모여들 수밖에 없는 셈이었다.

"킷킷, 하긴. 게다가 간이 방벽보다는 이미 넘어섰어요. 사람들이 이렇게나 많이 모여서 삐져나올 정도인데 카일이 쏘지 않는 걸 보면……."

"시티 페클로가 사라졌으니 더 이상 신대륙 중앙부에서 막지 않겠다는 의미이기도 하겠죠."

"반대로 해석하면 이제 '어디로 숨어들었는지' 알 수 없는 상태라는 뜻이기도 하지만요. 키킷."

분명 집결 초기만 해도 간이 방벽의 뒤로 모이던 유저들은 어느새 간이 방벽보다 한 걸음, 두 걸음씩 나서고 있었다.

당연히 진격의 첫 번째 공을 차지하기 위해 위험을 무릅쓴 행동을 하는 것이었으나, 의외로 카일에 의한 공격은 이루어지지 않았고, 거기에 용기를 낸 유저들이 경쟁하듯 앞으로 나아간 현재는 이미 과거의 신대륙 중앙부 방벽 인근까지 도달하게 된 것이다.

"이하 형이 자신 있게 말했다면서요! 그럼 무조건이지! 무조건 가는 거예요, 이제는!"

"뭐, 정말로 그렇게 될 때의 이야기죠. 만약 이번에도 진격이 빠그라지는 날에는 정말…… 신뢰를 완전히 잃게 될 가능성이 높아요. 아마 세 번째는 없을지도…….."

"라르크 씨! 무슨 그런, 재수 없는 말씀을!"

"제가 재수 없는 게 하루 이틀입니까. 그나저나 아직 하이하 씨는 안 온 거죠?"

기정이 펄쩍 뛰었으나 라르크는 언제나처럼 능글맞게 웃으며 말했다.

그러나 〈신성 연합〉의 작전 참모로서는 당연히 생각해 두

어야만 하는 가정이었다.

〈백룡 전투〉 이후 이미 한 번의 진격이 패퇴하며 기세를 잃었던 것을, 에원의 이름으로 말미암아 겨우 유저들의 사기를 올려놓은 게 아닌가.

한 번은 가능해도 두 번은 불가능할 거라는 게 라르크의 판단이었다.

"네. 아마 시간 딱 맞춰 올 것 같은데, 이하 형 오면 알려 드릴까요?"

"음, 저도 저지만, 하이하 씨를 열렬히 찾는 분이 있어서. 그 사람한테나 좀 알려 주세요."

"응? 누구요?"

기정이 고개를 갸웃거렸다. 라르크는 어딘가를 향해 턱짓했다. 기정이 그쪽을 바라보는 사이 비예미가 웃음소리를 내었다.

"킷킷, 시티 페클로까지 갔다가 헛걸음만 하신 그분이겠지."

"아!"

기정의 시야에 걸린 사람은 새하얀 눈동자를 지닌 정령사였다.

자신이 숨겨 두었던 최후의 카드를 공개했건만 아무런 소득도 얻지 못한 하얀 눈의 정령사, 프레아가 우울한 얼굴로 주변을 두리번거리고 있었다.

프레아는 라르크와 기정 등을 발견하고는 슬금슬금 걸어오
기 시작했다. 아주 약간의 화가 서려 있는 얼굴이었으나, 근
본적으로는 불안감과 우울함이 대부분인 표정이었다.

　"아직 하이하 씨는 안 온 거죠?"

　"그, 그렇죠."

　"하아아아……."

　기정과 라르크는 서로 눈치만 보며 답했다. 두 사람이 잘못
한 것도 없건만 괜히 찔리는 느낌이 들었다.

　혜인은 프레아를 보며 웃어 주었다.

　"너무 걱정하지 않으셔도 될 겁니다. 설령 하이하 씨가 그
아이템을 넘겨 주지 않더라도, 교황께서 이름을 걸고 약속하
신 거니까요. 프레아 씨는 〈신성 연합〉의 요청대로 시티 페클
로를 다녀온 거 아닙니까. 다만, 우리 모두가 예상치 못한 방
해가 있었을 뿐이지요."

　부드러운 미소와 다정한 태도, 기정의 곁에 있던 보배가 '
기정 씨도 혜인 오빠 좀 닮아 봐요.'라며 일부러 말을 할 정도
로 젠틀한 모습이었으나, 정작 당사자인 프레아는 그런 반응
을 보이지 않았다.

　"우웅, 그게 걱정이고, 그게 문제라고요. 언제!? 언제 그 아
이템이 나올 줄 알고! 제가 얼마나 찾아 돌아다닌 건 줄 알아

요? 모르긴 몰라도 〈개척왕〉보다 제가 더 많이 돌아다녀 봤을걸요? 로페 대륙의 온갖 곳에 다 가 봤는데, 에리카 대륙 서부를 이 잡듯이 뒤졌는데도 없었다고요! 심지어 바닷속의 용왕까지 만나고 왔는데!"

딱히 혜인을 향한 분노는 아니었으나 지금까지 줄곧 참아 왔던 게 폭발해 버렸기 때문이다.

"그, 그거야…… 뭐, 키워드 같은 게 아직 안 풀려서—."

"저기요, 프레아 씨! 아무리 그래도 걱정해 주는 사람한테 소리 지르는 건 좀 아니지 않아요?"

보배가 나서서 프레아에게 한마디 쏘아붙이려 했으나, 프레아는 그런 보배의 말도 듣지 않았다.

늘 여유로운 태도로 남들을 내려다보던 프레아조차도 이번만큼은 어쩔 수 없었던 것이다.

완전히 자기만의 세계에 빠진 프레아는 계속해서 중얼거렸다.

"이제 없을 가능성이 커요. 물의 정령왕뿐만 아니라 다른 정령왕을 만나도 그냥 줄 수는 없는 거라고 했어요. 새로운 진화 가능성을 만들어 주는 존재들, 말하자면 다른 세상의 생명체와 연결해야 얻을 수 있다고 하는데, 이미 획득한 누군가에게서 얻는 게 빠르지…… 이제 와서 제가……."

그녀는 서서히 목소리를 낮추며 주변을 바라보았다.

자신이 너무 많은 키워드를 내뱉었다는 걸 깨닫고 황급히 입을 닫은 것이었으나, 이미 주변에는 미들 어스의 날고 기는 유저들이 있다.

"정령왕과 다른 세상의 생명체를 만나게 해야 나오는 아이템이란 말입니까?"

"새로운 진화 가능성? 정령들이 또 진화도 하나 보죠?"

"킷킷, 애초에 정령왕을 소환할 수 있어야 한다는 뜻 같은데."

혜인과 징경경 그리고 비예미가 날카롭게 짚어 내자 프레아는 재빨리 고개를 저었다.

"아뇨, 오호홋. 하여튼 어림도 없다는 뜻이죠. 하, 하여튼 하이하 씨 오면 꼭 연락 좀 해 주세요!"

그러곤 성큼성큼 자리를 벗어났다.

유저들은 잠시 고개를 갸웃거렸으나, 어차피 정령사 직업 계통이 아닌 그들에겐 그저 해프닝으로 끝날 일이었다.

그저 기정만이 그녀의 말을 들으며 중얼거렸다.

"다른 세상의 생명체……하니까 뭐 떠오르는 게 있긴 한데……."

"음? 기정 씨가요? 그럴 리 없을 것 같은데."

"보배 씨도 요즘 저를 너무 무시하는 것 같아요."

보배는 너무나 단호하게 말했다.

기정이 상처 받았다는 얼굴로 그녀를 바라보자, 보배도 아차 싫었다는 듯 손사래를 쳤다.

"아, 아니! 무시하는 게 아니라요! 기정 씨 직업이 직업이니까…… 소환 계통이 아니잖아요."

"정말요?"

"그럼요. 내가 내 남자를 왜 무시하겠어요."

기정은 보배의 그 한마디에 다시금 헤벌쭉한 표정이 되었다.

"키……킷."

"비예미 씨? 할 말 있으면 똑바로 하세요."

"킷! 아닙니다! 그나저나 길마 님이 떠올랐다는 건 뭐죠?"

그들을 놀리려던 비예미는 보배의 협박을 받곤 재빨리 화제를 돌렸다.

기정은 다시 고개를 갸웃거리며 말했다.

"말 그대로 '다른 세상에서 온' 생명체요. 이하 형이—."

"기정아!"

"—와, 호랑이도 제 말 하면 온다더니만. 형, 호랑이야?"

"엥? 뭐가?"

미들 어스에서 한두 시간이라도 몸을 풀 겸 먼저 접속한 이하가 우연히 기정을 발견하고 온 것이었으나 별초의 유저들은 '역시 형제야'라며 키득거렸다.

"킷킷, 상태를 보니 준비는 다 됐나 보죠?"

"뭐, 일단 해 봐야죠."

"해 봐야죠, 라뇨! 이하 씨가 딱! 카일 머리통을 터뜨려 버려야 된다고요! 자신 있게! 마음 같아선 내 화살도 그 자식 몸뚱이에 박아 버리고—."

"보, 보배 씨?"

"어휴, 열불 나. 카일이랑 치요만 생각하면 아주 그냥!"

'급발진'한 보배의 분노는 혜인의 만류 덕분에 가까스로 멈
췄다.

이하까지 민망해진 분위기에서 기정이 주변의 눈치를 보
았다.

─형, 프레아 씨가 찾던데. 그 열쇠 때문에.

─아! 맞다. 끄응, 근데 시티 페클로의 정보를 수집해 온 건
아니라 그냥 주기 아까운데…….

─하여튼 형도 악마라니까. 아니, 그보다 아까 프레아 씨가
무슨 얘기를 했거든?

기정이 혀를 차자 주변의 유저들은 대부분 눈치챘다. 기정
과 이하가 서로 귓속말로 비밀 이야기를 나누고 있다는 것을.

약간 서운한 티를 내기도 했지만 그들은 굳이 묻지 않았다.
어차피 언젠가 때가 되면 다 말해 줄 것임을 알고 있었기 때
문이다.

이하는 기정에게서 프레아가 내뱉은 말을 들었다.

그 순간, 이하도 기정처럼 무언가가 떠올랐다.

─그거…….

—아마 맞을 것 같던데. 프레아 씨한테 연락해 봐.

—오케이. 고맙다.

프레아가 배신하지 않을 거라는 건 알고 있다.

그녀가 아무리 처세에 능하고 능력이 좋다 해도 마왕군이나 치요 측에서 그녀를 받아 줄 리도 없기 때문이다.

그러나 그녀가 전투에 끼치는 영향 자체는 크다.

특히 탐색, 수색 등의 측면에서 보자면 홀로 많은 수의 정령을 활용할 수 있으니, 그녀 스스로 말한 것처럼 '개척왕' 페르낭급의 효율을 보여 줄 수 있지 않은가.

이하가 걱정했던 건 프레아의 의욕 저하였다.

〈정령계의 열쇠〉를 그냥 주기도 아깝고, 그렇다고 이번 일까지 잘 끝내면 주겠다고 말해 봐야 그녀의 의욕은 쉽사리 오르지 않을 것이었으니까.

'그리고 애당초 하나밖에 없으니까, 나도 한 번 써 보고는 싶단 말이지.'

그러한 점에서 기정이 잡아낸 힌트는 이하에게도, 프레아에게도 또 〈신성 연합〉 모두에게도 도움이 되는 일이리라.

—프레아 씨?

—하이하 씨! 오셨네요!

—흐흐, 아니, 안 그래도 드릴 말씀이 있어 가지고.

―네네! 네!

―제가 물의 정령왕, 그러니까 용왕님께 〈정령계의 열쇠〉를 받은 거였거든요. 조건은 생명체의 새로운 진화 가능성에 대한 탐구였고요.

―그, 그렇죠! 네! 저도 알고 있습니다!

이하가 〈정령계의 열쇠〉를 어떻게 얻었던가.

에리카 신대륙에서 호수에 살던 잉어 팔레오들을 여명의 바다 깊숙한 곳에 있는 인어들과 만나게 했기 때문이다.

단순히 팔레오들의 위치를 파악하는 정도로 이룰 수 있는 일이 아니다.

정령왕과의 친밀도가 있는 상태에서 팔레오들을 정령왕이 있는 곳으로 옮기거나 또는 정령왕을 소환해 내야 한다.

둘 중 어느 것이라도 일반적인 유저들의 능력으로는 불가능하다는 의미다.

무엇보다 이미 이하에 의해 새로운 진화 조건을 발견한 물의 정령왕이었으므로, 프레아가 뒤늦게 다른 일을 해도 〈정령계의 열쇠〉를 얻을 수 없다는 뜻이기도 했다.

―아마 프레아 씨라면 정령왕 몇몇은 소환 가능하죠? 기본적인 4대 정령들 중에 최소 하나나 둘은 정령왕 친밀도가 있을 것 같은데. 맞나요?

마탑의 사수

―그……건…….

―아니, 있기만 하면 돼요. 내가 '다른 세상에서 온 생명체'를 소개시켜 줄 테니까. 그 자리에서 소환해 내면 아마 또 다른 키워드가 풀릴 겁니다.

―지, 진짜요!? 어떻게― 아니, 하이하 씨가 그런 생명체를 어떻게 알죠? 미들 어스에 그런 게 남아 있었다면 진작 밝혀졌을 텐데요!?

―일반 필드에는 없죠.

―그럼…….

다른 세상에서 온 생명체?

문자 그대로 우주에서 비행선을 타고 온 초월적인 생명체들이 있지 않은가.

크툴루를 비롯한 초월적 생명체와 그들의 비행선, '르뤼에'의 기둥 네 개를 파괴해야 하는 인스턴스 던전 내부라면 분명 프레아는 뜻을 이룰 수 있을 것이다.

'어차피 스킬 한도는 네 번 남았고, 나를 제외하고도 9명씩 데려갈 수 있으니까…….'

그 안에 프레아를 한 번 끼워 준다고 해도 이하에게는 별달리 손해 볼 게 없다.

어차피 권장 레벨 370 이상의 인스턴스 던전에서 사상자 없이 무사 탈출하려면 10인을 꼭꼭 채워 가는 게 이하에게도 안

전한 선택이 될 테니까.

—우주에서 온 생명체를 만날 수 있는 인스턴스 던전이 있어요.

—……하이하 씨!? 저 데려갈 거죠? 그거 만약 안 데려가시면—.

—하핫, 걱정 마세요. 데려갈 거예요. 단! 이번 수색도 대충대충 하시면 안 됩니다. 시티 페클로가 사라진 지금, 신대륙 동부에서 치요와 카일 그리고 마왕의 조각들이 숨어든 장소를 찾아내는 데 힘써 주셔야 할 분은 프레아 씨니까요.

프레아의 울먹거리는 목소리는 그 이후로도 한참이나 들려왔다.

처음 만났을 때의 그 요염하고 당당한 태도를 보이던 정령사를 완벽하게 통제(?)할 수 있게 되었다는 점에서 이하는 어쩐지 웃음이 나왔다.

"형? 잘 됐나 보지?"

"흐흐, 그래. 〈시티 페클로〉 좌표가 밝혀진 후로 페르낭 씨가 '이번에야말로 명예를 되찾겠다'며 이를 갈고 있던데……프레아라는 훌륭한 대항마를 상대하셔야겠어."

〈시티 페클로〉는 삐뜨르가 알아냈고, 신대륙 동부로는 카일로 인해 갈 수가 없어 로페 대륙의 미개척지를 추가로 밝히던 '개척왕'의 의지.

거기에 더해 프레아의 정령 활용이라면 분명 목표물을 찾을 수 있을 것이다.

알렉산더와 베일리푸스가 도착하고, 팔레오들과 람화연이 도착하고, 블라우그룬과 메탈 드래곤들까지 어느새 도착했다.

그리고 '이고르'가 왔다는 소문까지 돌 정도로 많은 유저들과 기사단이 정렬을 마쳤을 때.

"준비는 끝난 겁니까."

"카일을 못 죽이면 네가 내 손에 죽을 줄 알아라."

키드와 루거까지 이하의 곁에 모였다.

이하는 그들을 바라보며 엄지를 치켜들었다.

"반드시 해낼 거야."

"……스탯은 다 정리했습니까."

"얼라? 맞다. 스킬만 확인하고 스탯을 안 봤네. 잠깐만─ ⟨캐릭터 창⟩."

키드는 고개를 절레절레 저으며 한숨을 내쉬었다.

자신만만하게 카일을 상대할 수 있다던 사람이 스탯조차 관리를 못 하고 있는데, 과연 이 인간을 믿어야 하는 것인가.

루거도 황당한 표정으로 치아를 드러내고 있었다.

"스탯을 안 봤다? 설마 엘리자베스 건을 끝내고 안 봤다는 건가? 그럼 미치광이처럼 200~300포인트 이상이 쌓여 있을 것 같은데 설마 그건 아니겠지?"

"으, 응?"

홀로그램 창을 보던 이하는 뜨끔하여 답을 할 수 없었다.

이름: 하이하 / 종족: 인간

직업: 하얀 사신 / 레벨: 296 (49.5652391%)

칭호: 주신의 불을 내리는 / 업적: 220개

HP: 12,140(8,498)

MP: 11,430

스탯: 근력 912(+827)

민첩 7,500(+1,720)

지능 690(+474)

체력 464(+338)

정신력 1,000(+206)

카리스마 400(+0)

남은 스탯 포인트: 922

〈백룡 전투〉 이후 얻었던 스탯 포인트가 약 900개였건만, 엘리자베스 사살을 비롯하여 탄환과 탄환을 맞부딪치게 만들며 얻은 포인트가 900개라니.

압도적인 난이도의 R급 업적 수 개를 동시에 획득해서 일어난 참사(?)에 이하는 마른침을 삼켰다.

그 불안해하는 눈동자를 루거가 못 알아볼 리 없었다.

"너…… 설마."

"루거, 하이하를 그렇게까지 무시할 필요는 없습니다. 어쨌든 그는 누적 스탯 포인트 1위의 유저, 관리를 허술하게 해서 달성할 수 있는 게 아닙니다."

그러나 키드는 냉철하게 루거의 분노를 종식시켰다.

바로 그런 듬직한 목소리와 이하를 향해 뻗어 있는 견고한 믿음이 이하를 더욱 부담스럽게 만들었다.

'젠장! 왜 이렇게 스탯을 많이 줘! 괜히 미안한 마음까지 들잖아!'

스탯 포인트를 많이 줘도 투덜거리는 게이머는 미들 어스에 한 명밖에 없으리라.

"하긴, 누적 스탯 포인트 1위가 이딴 유저일 리가 없지. 미안하다."

더욱 죄의식(?)을 가중시키는 루거의 사과까지 받으며 이하는 억지로 미소를 지어 보였다.

스탯 포인트 분배는 민첩에 500개를 투자하여 8,000을 달성하고, MP 증가를 위해 정신력에 300 그리고 NPC들에 대한 영향력을 키울 수 있는 카리스마에 100을 투자.

샤즈라시안의 소수민족들까지 생각한 스탯 안배를 끝마친 후, 다시금 잔여 스탯 포인트가 22개로 변하는 순간.

"에윈 총사령관이다!"

"그랜빌 장군도 있어!"

"좋았으, 이제 가는 거야!

미들 어스를 플레이하며 조금이라도 명성이 있는 거의 모든 유저와 NPC들이 마침내 신대륙 동부로 집결을 마쳤다.

Geschoss 7.

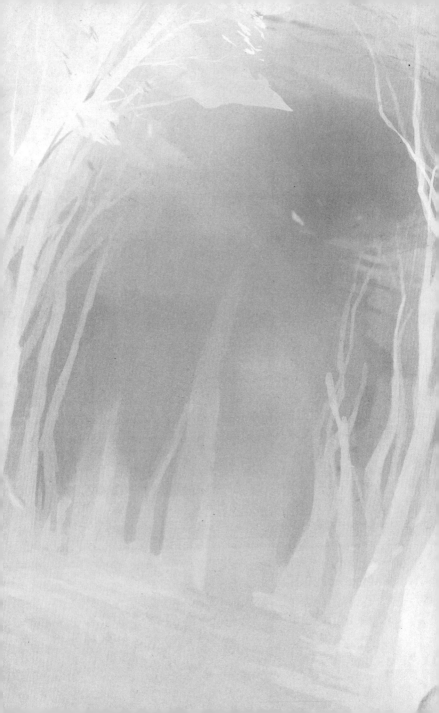

　에윈과 그랜빌의 동시 등장만이 유저들을 고취시킨 게 아니었다.

　두 번은 당하지 않겠다는 듯, 루비니와 람화연 등 웬만한 지략형 유저들은 전부 그들의 곁에 있었고, 그 전부를 감싸는 배리어와 쉴드 등의 스킬이 라파엘라 그리고 베르나르에 의해 사용된 상태였다.

　당연히 그들과 쿨타임을 맞춰서 사용할 에즈웬 교국 소속 유저들도 백여 명이 넘었다.

　어느 방향에서 카일이 저격하더라도 결코 당하지 않으리라는 자신감이 그들에게 있었다.

　확성 스킬을 받은 후 조용히 입을 연 에윈의 의지 또한 그러했다.

[신성 연합은 물러서지 않는다.]

그들의 등장에 환호를 지르던 모든 유저들이 거의 동시에 입을 닫았다.

[신성 연합은 도망가지 않는다. 설령 마탄을 쏜다 하더라도 우리의 발걸음을 멈추게 할 순 없을 것이다. 내가 죽더라도 그랜빌이 뒤를 이을 테니까.]

에윈의 잔잔한 웃음소리가 곳곳으로 퍼졌다.

이렇게 진중한 순간에 다소 장난스러운 태도를 보인다는 건 확실히 기존의 〈신성 연합〉 총사령관의 태도와는 조금 달랐다.

"아무래도 긴장을 풀어 주려는 거겠죠?"

"킷킷, 하여튼 고단수 NPC라니까."

"애당초 저런 말을 듣고 사기가 떨어질 유저도 많지 않을 텐데. 세심한 분이라는 건 확실하군."

기정과 비예미 그리고 혜인이 말했다.

이미 한 번 패퇴를 겪은 〈신성 연합〉의 사기는 단순히 '으쌰으쌰'만으로 이끌어 낼 수 있는 게 아니다.

적절한 독려는 물론, 무엇보다 기존 실패를 잊을 수 있도록, 여유를 지닐 수 있도록 해야 한다는 게 에윈의 방침이었다.

[그랜빌마저 마탄에 의해 사망한다면…… 그건 그것대로 고마운 게지. 노망나기 직전의 늙은이들에게, 적이 마탄을 두 발이나 소모한다면 그거야말로 우리의 승리를 보장해 주는 것

마탄의 사수

아니겠나?]

장난기까지 섞인 에윈의 말에 몇몇 유저는 헛웃음을 터뜨릴 정도였다.

그러나 이하는 그의 말이 진심이라는 걸 알 수 있었다.

'마탄에 관한 거의 모든 사항을 다 들었어. 에윈의 저 말은 진심일지도 모른다. 자신을 희생해서 마탄을 소모시킬 수 있으면, 그것도 [훌륭한 전략]이라고 생각할 거야.'

아무리 나이가 들었다지만 인간을 뛰어넘는 AI라고 봐도 무방할 정도의 저런 NPC가 또 나올 수 있을까.

이하는 새삼 에윈에 대한 존경이 일었다.

[앞으로 남은 기한은 63일. 신대륙 동부가 넓다지만 용맹무쌍한 우리 신성 연합이 마왕의 조각을 찾아내고 또한 그들의 의식을 방해하기에는 충분한 시간이다. 적이 보이지 않는다고 방심하지 말고, 적이 숨어든다고 자만하지 말고.]

에윈은 잠시 고개를 돌려 루비니를 바라보았다.

루비니는 주변에 있는 다른 오라클 유저들과 함께 허공으로 초대형의 홀로그램 지도를 띄웠다.

마구잡이 점으로 찍혀 있는 유저와 NPC들의 위치였으나, 에윈이 지도를 향해 손짓을 몇 번 하자, 그것은 점차 바뀌고 있었다.

[마왕의 조각과 관련된 것은 개미 새끼 한 마리 놓치지 말도록.]

점과 점 사이의 간격은 약 500m. 한 점당 소속된 인원은 백여 명.

그리고 〈신성 연합〉에서 집결한 총원은 팔레오와 NPC 기사단 등을 포함하여 약 15만 명.

"와아……."

"뭔가 멋진데."

초대형 홀로그램 지도에서 북남으로 가로지르는 점의 띠는 무려 750km에 달했다.

750km 길이의 띠가 서서히 동부로, 동부로 나아가는 그림을 보는 것만으로도 유저들의 몸이 부르르 떨릴 지경이었다.

그 그림이 무엇을 암시하는지 모두가 이해한 그 순간, 에윈이 말했다.

[신성 연합, 대형을 갖춘다.]

유저들의 눈앞에 홀로그램 창이 떴다.

[최후의 학살을 막아라]

설명: 첩보에 의하면 마왕의 부활까지 남은 기한은 63일뿐이다. 에즈웬 교국의 교황은 마왕이 깨어난다면, 그때는 제2차 인마대전과는 비교도 할 수 없는 대재앙이 일어날 것이라 예고했다. "마왕을 불러내는 일은 결코 쉬운 게 아닙니다. 그토록 강대한 힘을 지녔던 마왕의 조각들이 222일이라는 기나긴 시간 동안 집중을 해서 겨우 이루어 낼 수 있는 일이지요. 그러니, 우리는 그 안에 그들을 찾기만

하면 됩니다. 아주 작은 외부의 충격만으로도 그들은 원하는 바를 이뤄 낼 수 없을 테니까요. 시간은 그리 많지 않습니다. 마왕이 완전히 부활한다면 〈제3차 인마대전〉이 아니라……. 〈최후의 학살〉이 벌어지겠지요. 이미 절반 이상의 시간이 지난 지금, 과연 시간을 되돌릴 수 있을지는 저 또한 알 수 없습니다. 그저 이곳에서, 로페 대륙과 에리카 대륙을 구할 영웅들에게 아흘로께서 함께하시길 기도할 뿐……." 마왕의 조각이 숨어든 비밀 장소를 찾아내고 그들이 더 이상 마왕 소환 의식에 집중할 수 없도록 하자.

내용: 마왕의 조각 세 기 중 한 기에게 1회 이상 가격 시

배치 조: 389번

보상: ?

실패 조건: 기한 초과 (63일)

실패 시: ?

수락하시겠습니까?

퀘스트 자체는 아주 간단했다. 복잡한 선결 조건이나, 부분 성공 따위로 나뉘지도 않았다.

원하는 것은 레, 기브리드, 피로트-코크리 셋 중 하나에게 단 한 번의 공격만 가하면 된다는 점.

그들을 죽이라는 것도 아니고 치명타를 입히라는 것도 아니다.

조금 더 과장하자면 손가락으로 건드리기만 해도 타격 판정은 들어간다. '고작' 그 정도의 일만 하면, 이번 퀘스트는 성공이라는 뜻이다.

"최후의 학살이라. 영 어감이 좋지 않은데."

"게다가 너무 쉬워. 퀘스트 클리어 조건이 쉬울수록 난이도는 올라가기 마련이건만."

"쩝, 이래서야 올랐던 사기가……."

교황이 허튼소리를 할 NPC는 아니다.

퀘스트 설명으로 나온 그의 염려는 오히려 축소하여 말했을 확률이 높다.

마왕이 완전히 부활한다면, 모든 유저와 모든 NPC의 힘을 더해도 그것을 막을 수 없다는 의미가 아닌가.

"후우우우— 하아아아……."

"형?"

이하는 심호흡을 했다.

기정이 갑작스레 과장된 동작을 취하는 이하를 바라보았다. 몇 번이고 호흡을 해서 감정을 추스른 후에야 이하는 말했다.

"심플하잖아? 어차피 안 해도 망하고, 실패해도 망하고. 살수 있는 길은 성공뿐? 그럼, 뭐…… 해야지. 안 그래?"

겁먹을 필요 없다. 그것은 실패 이후의 일이다.

성공하면 되지 않나.

어깨까지 으쓱거리며 하는 이하의 말에 비예미는 헛웃음을 흘렸다.

"킷, 키킷. 가끔 보면 존경심이 든다니까요. 대담하다고 해야 하나, 아니면—."

"캔들 캐슬에서부터 그랬죠?"

"비꼬는 건데 못 알아듣는 것도 그때부터 그랬고. 킷킷."

"비예미 씨도 칭찬하고 싶으면서 은근히 틱틱거리는 모습도 똑같아요. 하이하 씨는 대담무쌍한 게 똑같고."

미들 어스를 시작하고 만나는 첫 보스, 검독수리를 잡을 때 함께했던 두 사람과 그들의 곁에서 묵묵히 서포트했던 드루이드. 징경정의 목소리는 맑게 울려 퍼졌다.

캔들 캐슬 이야기가 슬쩍 나오자 주변의 유저들도 하나둘 미소를 지었다.

레벨1, 레벨2 그 당시의 힘겨움과 지금을 비교해 보자면, 지금의 퀘스트나 스토리 라인은 모두 즐거운 게 아닌가.

"맞는 말이죠. 해야지! 별초가 무조건 1빠로 건드리겠어요!"

"으음, 마왕의 조각들이 '숨어든'이라는 표현으로 봐서, 지상은 아닐 것이고…… 분명 특정 수준 이상의 비밀 공간, 당연히 공간 이동과 관련된 무언가가 발견될 확률도 높지."

"그럼 혜인 오빠가 찾을 확률이 높은 거 아녜요?"

"하핫, 우선 추측만 해 본 겁니다. 가 봐야 알겠죠. 신대륙 동부에서 공간 이동이 가능한 특정 지역을 중점적으로 수색

한다면 가능하지 않을까 싶은데."

"음. 우리 길드의 장점은 한결같은 자세. 부동심이야말로 검사가 지향해야 할 점이지."

냉철한 혜인과 열정적인 기정. 두 명의 전, 현직 길드 마스터들을 뒤따르는 별초의 인원들.

주변의 유저들도 웅성거리고 있었으나 이들의 이야기를 들을 수 있었다. 혜인이 굳이 자신만 알아도 되는 정보를 흘린 것은 퀘스트 안에 〈배정된 조〉가 따로 있기 때문이었다.

수색 범위를 벗어나 홀로 이런저런 테스트를 할 수 없는 이상, 한 명의 유저라도 이런 사실을 더 많이 알고 있어야 일이 진행될 것이다.

"그렇다는데?"

"그러네. 어차피 졸게 뭐 있나? 격렬한 전투가 벌어질 것도 아니고—."

"몬스터나 처리하면서, 공간 이동 가능한 지역만 찾아내도 되겠구만!"

작은 불씨는 곧장 주변으로 퍼져 나갔다.

무엇보다 그들 모두 어느 정도의 각오를 했기 때문에 이 자리에 온 게 아닌가.

퀘스트 창을 보고 물러설 명청이는 없다는 뜻이다.

웬만한 유저들이 모두 수락 버튼을 눌렀을 때, 에윈의 목소리가 울려 퍼졌다.

마탑의 사수

[모두 제자리로! 지도를 확인하며 각자 배정된 조를 헤쳐 모인다!]

이미 자신의 위치를 확인했던 유저들이 재정비하기까지 걸린 시간은 고작 20분 남짓이었다.

뿌우우우우우─────······.

나팔 소리와 함께 〈신성 연합〉의 군세가 진군을 개시했다.

오염된 세계수의 숲이 있는 중앙부를 지나고, 동부를 들어올 때까지도 〈신성 연합〉에게는 아무런 문제가 없었다.

몬스터들과 마주친 조가 몇몇 있었으나, 한 조당 무려 100명 전후의 인원을 배치해 놨으므로 그들도 별다른 위험 없이 몬스터들을 상대해 냈다.

수색 또한 체계적으로 진행되었다.

혜인이 은근슬쩍 꺼낸 아이디어는 곧장 에윈에게 보고되었고, 바하무트의 지시하에 각 메탈 드래곤들이 공간 탐지와 마나 탐지를 고루 흩뿌렸다.

아주 조금씩의 거리 차이는 있지만 대체로 기다란 띠 형태를 유지한 채 신대륙 동부에 들어온 지가 벌써 4시간째, 아직까지도 긴장감은 유지되고 있었다.

이하를 비롯하여 꽤 많은 유저들이 신대륙 동부의 '끝'은 사우어 랜드로 알고 있었으므로, 동측으로만 향하는 진군은 당연히 그 부분에서 멈춰야만 했다.

'사우어 랜드까지는 이렇게 띠 형태를 유지하며 천천히 찾고…… 만약 거기까지 가는 동안 없다면 이번엔 동서로 가로지르는 두 개의 띠 형태로 나뉘어 각각 북측, 남측을 향해 수색을 시작한다.'

라르크와 신나라에게서 전해 들은 수색 방식은 분명 효율적이었다.

'말하자면 제설 작업이나 마찬가지지. 아무 데나 흩어져서 눈을 퍼내는 게 아니라, 일렬로 서서 쫙쫙 밀고 나가는 게 가장 확실한 방법이다. 다만 문제라면…….'

기한 안에 가능할 것인가.

〈쟌나테의 열쇠〉를 갖고 사우어 랜드를 향할 때와는 비교할 수 없을 정도로 느린 속도다.

과연 이대로 가능할 것인가.

이하는 고개를 저었다. 이런 생각을 할 시간에 조금이라도 더 주변을 살펴야 한다.

이하 또한 주변의 유저들과 보폭을 맞춰 가며 〈마나 투시〉 및 〈꿰뚫어 보는 눈〉 그리고 〈독수리의 눈〉까지 계속해서 사용해 가며 눈에 띄는 장소가 있는지 살폈다.

'〈마음의 눈〉을 쓰는 건 카일에게 당한 사람이 나온 이후. 그때까지는 아껴야 해.'

카일에게 당했다 하더라도 이하 자신의 위치와 아주 멀리 떨어져 있다면 조심해서 사용해야 한다.

389번 조에 배치된 이하는 전체 1500개의 조 중 제법 북측으로 치우쳐져 있는 상태였다.

만약 남측 끄트머리에 있는 1400번대 이하의 조에서 카일에게 당한 사람이 나올 경우, 〈마음의 눈〉을 써선 안 된다.

'이런 진군이라면 카일 역시 내 위치를 곧장 확인할 수 없어. 그러니……최대한 내 위치를 들키지 않아야 한다.'

마왕의 조각들이 있을 법한 비밀 장소를 찾는 동시에, 이하로서는 아직 등장조차 하지 않은 저격수와 싸우는 상태가 지속되었다.

6시간, 8시간, 이제 어둠이 내렸고 대다수의 조가 몬스터들과 한 번 이상씩은 싸웠으나 아직도 별다른 소식은 없었다.

그것이 이하로서는 다소 초조한 점이었다. 마왕의 조각이 숨어든 장소는 발견되지 않는 게 이해가 된다.

하지만 카일은?

10시간, 11시간, 12시간!

이렇게 느릿느릿 나아가도 불과 12시간 안에 과거 시티 페클로의 좌표 인근까지 도착하건만, 아직도 카일과 치요는 나타나지 않고 있었다.

만약 시티 페클로의 잔해라도 찾아보기 위하여 전력 질주한다면 동이 트기 전에 도착할 수 있을 정도로 가까운 거리다.

불현듯 이하의 머리에 스친 생각이 있었다. 이렇게까지 나오지 않을 이유가 있을까?

'일부러…… 피하고 있다?'

〈신성 연합〉의 진은 누가 봐도 수색 전용이다.

반대로 말하자면 마왕군의 급습에는 상당히 취약한 형태라고 봐도 과언이 아니다.

마왕군 소속 유저들 중에도 오라클이 있다는 걸 〈신성 연합〉 측도 알고 있었지만, 드래곤들을 활용한 방비 카드를 꺼내어 고육지책으로 이런 진형을 선택할 수밖에 없었다.

'화연이 말처럼…… 가장 먼저 공격당하는 조의 주변이 바로 마왕의 조각이 있는 장소일 확률도 있으니까.'

치요는 반대로 그것을 역이용할지도 모르지만, 어쨌든 주의 깊게 생각해야 하는 포인트가 되는 건 틀림없다. 그러나 이런 상황에 람화연과 라르크는 도리어 당황하고 있었다.

'공격을 안 해.'

'이렇게 되면…… 정말 신대륙 동부를 다 뒤집어 봐야 하는 상황이 될지도…….'

불안감이 엄습하는 가운데, 마침내 에윈에 의한 야영 지시가 떨어졌다.

첫 번째 날의 수색이 끝났다. 남은 기한은 이제 62일이 되었다.

"어디로 가는지 말도 안 하고 이대로 움직일 건가요?"

치요와 파우스트는 무리를 이끄는 두 사람에게 불편한 마음을 내비쳤다. 그러나 둘은 단호한 얼굴이었다.

"저 하우스하우스라는 걸 통해서 우리를 보고 있을 가능성이 있으니까요."

"마왕의 조각들이 숨어든 단서에 대해서는 대략 해석이 되지만…… 그쪽을 향해 가다간 분명 걸릴 겁니다."

그들은 블라우그룬까지 본격적으로 수색에 참가하여 요새에서 관측 가능한 하우스하우스의 숫자가 줄어들었다는 건 알지 못했으나, 그렇다고 틀린 의견을 말한 건 아니었다.

오라클 직업군에 의해 하우스하우스들을 발견하는 즉시 은신을 하지 않았다면 이미 이들의 행보는 적발되었을 테니까.

"그럼 지금 가는 쪽은 마왕의 조각들과 아~무런 관련도 없는 장소라는 뜻이죠?"

그들의 말을 듣던 치요가 슬쩍 물었다. 메데인과 칼리는 서로 눈치를 보았다.

두 사람이 앞서며 무리를 이끌어 가는 방향은 신대륙의 동북방이었다.

시티 페클로를 기준으로 해도 계속해서 북쪽으로 올라가는 행군, 그들은 자신들이 향하는 지역에 무엇이 있는지 이미 알고 있었다.

'마왕의 조각은 이쪽으로 숨어들었을 거다.'

'내 해석도 해석이지만 메데인 저 자식도 그렇게 읽었다는 거겠지.'

그곳은 바로 마왕의 조각들이 있음직한 장소였다.

시티 페클로에 있는 단서들을 조합하여 도출한 답은 하나다.

그러나 메데인과 칼리는 서로가 어떻게 해석했는지 묻지 않았다. 다만 같은 곳을 향하고 있다는 것만으로도 충분히 알 수 있는 사실이었다.

'어차피 그건 '장소'의 개념과는 조금 달라. 일단 인근까지 가도 섭사리 발견될 확률은 적다.'

'게다가…… 〈신성 연합〉이 정말로 먼저 발견해 버리면 끝이니까. 정보에 적힌 대로라면 분명 그쪽에도 무언가가 있을 테고.'

마왕의 조각들이 있는 곳을 향해 가면서도 그들은 그 사실을 말하지 않았다.

치요는 믿을 수 없고 파우스트에게 주도권을 넘겨주기도 싫었기 때문이다.

"흐으음…… 어쨌든 아직까진 마주치지 않고 있지만 조금이라도 이상하면 바로 싸움이 벌어질 텐데, 그래도 상관없나요?"

싸우게 될 경우 마왕군 소속 유저들이 어디를 향하고 있는지 〈신성 연합〉에게 읽힐 가능성이 있다.

만약 이쪽 방면에 마왕의 조각이 있다면 네 녀석들이 불리하게 될 거다.

즉, 이 질문에 NO라고 답한다면 이쪽 방면에 마왕의 조각이 있다는 뜻!

치요는 그들을 엮어 내기 위하여 갖은 수를 썼으나, 상대방은 두 명이었다.

"상관없습니다."

"절대 안 됩니다."

메데인과 칼리가 치요의 말재간에 넘어가지 않기 위해 반암묵적으로 체결한 협약, 그것은 그녀의 질문에 언제나 양방향으로 대답하는 것이었다.

치요는 서로 다른 그들의 대답을 들으면서도 눈썹 하나 까딱하지 않았다.

―사스케, 어떻게 되어 가고 있죠? 신성 연합 쪽은?

―똑같습니다. 기다린 띠 형태를 통해 계속해서 동측으로만 나아가고 있습니다.

―흐음, 아무래도 메데인과 칼리가 어쭙잖은 장난을 치는 것 같은데…… 혹시 모르니 언제든 신성 연합의 시선을 이쪽으로 끌 준비를 하세요.

―핫!

―아 참, 그리고 미니스 쪽에서 로스 세타스와 길드 시날

로아가 남겨 두고 온 세이프 하우스나 기타 자산들은 확인됐
나요?

─그 작업도 거의 끝나 갑니다, 오카상.

─되는 대로 나한테 말해 주고─ 아니, 나한테 말할 필요
도 없지. 바로 상호 길드원들에게 뿌려 버려요.

메데인과 칼리를 향해서는 산뜻한 미소까지 보이고 있었으
나 그녀 또한 답답하기는 마찬가지였다.

자신의 말에 흔들리지 않는다면, 정말로 〈신성 연합〉이 다
가오기 시작했을 때 너희들은 어떻게 반응할래?

'흔드는 건 어려운 일도 아니긴 한데……. 과연 언제까지 입
을 다물고 있을지, 두고 보자고.'

그리고 서로가 서로의 약점을 쥐게 되었을 때 과연 그것을
사용하지 않고 인내하며 버틸 수 있을까?

치요는 여전히 웃는 얼굴로 카일을 슬쩍 바라보았다. 카일
은 치요를 한 번 흘끗거릴 뿐, 아무런 반응도 보이지 않았다.

'어차피 네 녀석들은 다 몰라. 카일은…… 하이하를 느낄 수
있다.'

〈마음의 눈〉을 사용해 잠시 '싱크'되었던 그때를 카일은 놓
치지 않았다.

방법은 몰라도 하이하가 특정 순간에 자신을 볼 수 있음을
치요에게 슬쩍 언질을 주었고, 치요는 또 그런 때가 있으면 반

드시 자신에게만 이야기해 달라고 부탁해 놓았던 것이다.

'그 정도의 스킬을 함부로 쓰진 않겠지만. 나머지 두 개의 일보다 하이하의 스킬 사용이 빠르다면…… 그때는 그들을 이쪽으로 끌어내야지.'

시노비구미를 활용하거나, 메데인과 칼리의 불화를 조장하는 방법 외에도 하이하의 스킬을 역이용할 수 있다.

치요가 이런 일을 꾸미는 것엔 이유가 있었다.

'반드시…… 부딪치게 만들어야 해.'

이미 〈신성 연합〉 측으로 상당히 기울어 버린 밸런스를 맞춰야 하기 때문이다.

그러기 위해 필요한 것은?

'마왕까지는 필요 없어. 마왕의 조각들이 일어나면 돼.'

마의 파편=마왕이 부활하면 다시금 밸런스가 기운다. 거기까지 가 버리면 돌아올 수 없다는 걸 치요도 눈치채고 있었다.

즉, 그전에 마왕의 조각들을 어떻게든 건드리게 만들어, 마왕의 부활을 막고 마왕의 조각들이 〈신성 연합〉에 대해 분노하게 만드는 것.

특히 마왕의 조각을 〈신성 연합〉의 유저 손으로 깨우게 해야 한다는 점이 치요가 노리는 핵심이었다.

자기 자신이나 카일이 마왕의 조각들을 '터치'했다가는 〈신성 연합〉과 마왕의 조각, 양측 모두에게서 쫓길 우려가 있으니까.

'궁극적으로는 내가 마왕군을 통제할 수 있는 가운데 마왕군을 활용해 로페 대륙을 황폐화할 수 있다는 가능성을 보여 주는 것, 그렇게만 한다면—.'

미들 어스의 유저들이 빠져나가기 전에, 미들 어스 제작진 측. 즉, 구플에서 반드시 연락이 올 거라는 게 그녀의 계산이었다.

그렇게 협상 테이블에만 앉는다면 자신은 모든 임무를 다한 것이나 마찬가지다.

'그 이후에 망하든 말든…… 큭큭.'

그러기 위해선 두 가지 선결 조건, 자신들이 향하고 있는 방면에 마왕의 조각이 있어야만 하고 그 사실을 〈신성 연합〉이 눈치채야만 한다.

그러나 여느 때와 달리 정작 치요가 추격을 원하고 있음에도 〈신성 연합〉의 추격은 원활하게 흘러가지 못하고 있었다.

"적어도 지도상으로는 아무것도 잡히지 않는군요."

"각 조에서도 특별히 보고된 내용은 없습니다. 아, 오전에 발견되었던 동굴은 꼬리가 네 개 달린 재규어과 동물의 거처였다고 합니다."

루비니와 라르크는 빠르게 에윈에게 보고했다. 에윈은 고개만 끄덕거렸다.

라르크의 곁에 있던 신나라가 슬쩍 물었다.

"필드 보스?"

"아마도요. 후우, 이거야 원. 이제 곧 시티 페클로 근처까지 왔는데……혹시 열쇠는 자물쇠 곁에 떨어진 게 아닐까 싶었지만, 이쪽은 없나 보네요."

라르크는 고개를 끄덕이곤 푸념을 늘어놓았다.

시티 페클로까지는 쾌속 진격 후, 그 주변을 수색하자는 의견도 있었으나 라르크는 그렇게 생각하지 않았다.

오히려 허를 찌르는 게 마왕의 조각들의 주된 수법이었으므로 시티 페클로 근처에 비밀 장소가 있을 가능성에 대해 고려했기 때문이다.

그러나 정작 시티 페클로까지 3시간여의 거리밖에 남지 않았음에도 몬스터들의 둥지나, 인스턴스 던전 또는 필드 보스가 '젠'되는 장소들을 수십 개가량 발견했을 뿐 아무런 소득도 없는 상태였다.

"너무 초조해하지 말고 천천히 생각해요."

"고마워요, 나라 씨."

신나라가 자신의 등을 토닥거리자 라르크는 빙긋 웃으며 답했다.

이번 수색에 라르크가 얼마나 공을 들였는지 그녀도 잘 알고 있었기에, 더 좋은 수를 짜내어 보라는 독촉은 할 수 없었다.

"하지만 언제까지고 이렇게 갈 수는 없습니다. 라르크, 특별한 방법은 없는 겁니까."

이하나 루거와 달리, 키드는 에윈과 그랜빌 근처에 배치된 상태였다.

멀리 보는 것보다는 빠르게 대응하는 능력을 높이 사, 혹여 모를 적들의 습격에 대비하기 위함이었다.

무엇보다 '삼총사' 중 가장 지략이 뛰어난 유저였으므로, 이번 마왕의 조각 수색에 대한 아이디어를 얻을 수 있을지도 모른다는 배정이었건만…….

"키드 씨― 하지만 지금은!"

신나라는 자신의 남자 친구를 몰아세우는 키드에게 한마디 하려 했으나 곧 입을 다물었다.

그녀 또한 눈치가 있다.

라르크를 향해 말하면서도 키드는 다른 곳을 바라보고 있었다.

키드는 에윈을 보며 말하고 있었다. 그리고 키드가 무슨 이유로 저런 소리를 했는지 이해하는 NPC는 곧장 자신의 옆을 향해 고개를 돌렸다.

"으음, 메탈 드래곤의 수장, 로드 바하무트께서는 혹 어떤 복안을 지니고 계시는지 여쭤봐도 되겠습니까."

에윈은 곁에서 공중 부양으로 이동하는 회백색 머리칼의 노인, 바하무트에게 물었다. 마왕의 조각을 찾는 것이 이런 단순한 수색으로 가능한 일인가.

유저들이 특히 궁금해하는 것을 에윈이 대신 물어 주었고, 바하무트는 루비니가 만들어 낸 홀로그램 지도를 보며 묘한 표정을 지었다.

"이러한 행위 자체가 답을 알려 주겠지. 방법이 없더라도 끝끝내 움직이고 발버둥 치는 것이야말로 인간들의 특기가 아니던가."

"물론 그렇습니다. 설령 패배할 것을 알고 있다 해도 순순히 목을 내어 주는 인간은 없지요. 그러나 그것으로 충분한 것입니까, 로드 바하무트."

인간과 드래곤의 각기 최고 지휘관들의 대화에 유저들은 귀를 기울였다.

이렇게 움직이며 치요나 마왕군이 들쑤셔 주는 게 어떤 면에선 최선의 방법이기도 하다.

결국 이런 수색으로는 별다른 결과물을 갖지 못할 것이며, 단지 마왕군과 치요, 그들을 압박하기 위한 요소로만 써먹으라는 의미일까.

'너무 수동적이야. 우리 쪽에서 능동적으로 치고 나갈 수 있는 뭔가가 없는 걸까.'

교황조차 방향을 제대로 잡지 못하는 이번 행군에서, 유일하게 키워드를 지니고 있는 존재는 역시 메탈 드래곤의 수장밖에 없다.

바하무트는 잠시 입을 다물고 있었다.

에윈은 그를 향해 고개를 조금 더 숙이며 말했다.

"이것 또한 저의 작은 발버둥이라고 생각해 주시고 답변해 주시면 감사하겠습니다."

바하무트는 에윈을 보며 옅은 미소를 띠었다.

"글쎄. 늦지 않는다면 어떤 방법이 있을지도 모르지. 하나 지금은 알 수 없소."

"흐음……."

이 정도의 모호한 답변만 듣고 눈치챌 수 있는 유저는 없었다.

무엇보다 그들의 생각을 멈춘 것은 다른 소식 때문이었다.

"지도에 무언가가 포착되었습니다!"

루비니가 가장 먼저 알아차렸다.

그녀는 지도의 배율을 축소하여 약 2시간 30여 분 거리에 있는 시티 페클로를 밝혀냈다.

그곳에는 분명한 점 하나가 찍혀 있었다.

"까만 점…… 루비니 씨? 이 검은색은 뭐죠? 보통 적이라면 붉게 뜨지 않나요?"

"한 번도 탐지해 본 적이 없는 생명체라는 의미예요. 하지만 그게 이렇게 크게……?"

지도의 관측을 수월하게 하기 위하여, 루비니의 지도에 나오는 모든 아군들의 표기는 모두 동일한 크기의 새하얀 점으

마탑의 사수

로 맞춰 둔 상태를 기준으로, 약 100명 전후가 있는 1개 조에 필적할 정도였다.

무엇보다 그 크기를 축소시키지 않아 분류하기 쉽도록 둔 '드래곤'들에 비하면 어떤가.

"드래곤만 한 크기…… 저건 보통이 아녜요."

거의 모든 어덜트 드래곤보다 크게 보였고, 웬만한 에인션트 드래곤보다도 더 큰 크기라니?!

도대체 '시티 페클로에서 등장한 새카만 점의 정체는 무엇이란 말인가.

"저게 적이라면— 아직 우리를 발견하지 못했을 테니 미리 대응 작전을 짜야 합니다. 혹시 근처에 관측할 만한 사람은 있나요? 제일 가까운 조는?"

"389번 조! 속한 유저들 중에서 관측할 만한 사람은—."

"하이하……?"

람화연은 라르크와 신나라의 대화를 들으며 머리칼이 곤두서는 느낌을 받았다. 이하가 몇 번 조에 속해 있는지는 당연히 파악하고 있었기 때문이다.

람화연이 흘리듯 말한 이름을 들은 라르크의 표정은 곧장 밝아졌다.

"즉시 전달하겠습니다, 만약 시티 페클로에서 튀어나온 저게 적이라면 하이하 씨가 상대할 수 있을 거예요. 아니, 상대하는 동시에 추적할 만한 스킬도 사용해 달라고 부탁한다면 훨씬 수월하게—."

"우, 움직입니다!"

라르크가 빠르게 이하에게 귓속말을 하는 가운데, 루비니가 다시 한 번 소리쳤다.

새카만 점은 엄청난 속도로 이동하기 시작했다. 당연히 그 방향은 389번 조의 정면, 이하가 있는 장소였다.

"어?"

"말도 안 돼, 무슨 속도가……!?"

이번엔 신나라의 등골이 서늘해졌다.

저게 정말 일개 생명체가 낼 수 있는 속도인가?

'내 스킬을 사용한 수준의 속도— 아니, 그보다 조금 느리긴 하다. 그래도 엄청난 스피드야. 만약 저게 통제 가능한 속도라면, 최고 속도를 낸 키드와 브로우리스급이라고 봐야 해.'

신나라 자신이 〈신속의 검사〉가 된 이후, 브로우리스와 키드를 따라잡거나 그 이상으로 움직일 수 있는 스피드를 손에 넣었다.

그러나 해당 스킬을 사용했을 경우, 자기 자신조차 통제하기 어려울 정도였다.

조금 익숙해진 지금도 사용에 불편함을 겪고 있건만 지도에서 지그재그로 이동까지 하며 달려오는 저 존재는 대체 무엇일까.

"당황하지 말라. 387번부터 391번까지 양측 각 2개 조에게 지원토록 이르게."

"아, 알겠습니다, 사령관님."

389번을 기준으로 위아래 각 2개씩의 조.

무려 500명에 달하는 인원들을 빠르게 소집할 수만 있다면 적의 정체가 무엇이든 대응하기가 그리 힘들지 않을 것이다.

상당한 크기와 엄청난 속도를 지도에서 충분히 표출하고 있지만, 그렇기 때문에 적은 '한 기'라는 걸 알 수 있었으니까.

"그리고 가장 가까이에 있는 드래곤에게도……."

"베일리푸스와 알렉산더로군. 그들에겐 내가 연락토록 하지."

"부탁드립니다, 로드 바하무트."

에윈은 슬쩍 바하무트를 보았고 바하무트는 즉시 고개를 끄덕였다. 그제야 람화연의 표정도 조금쯤 펴졌다.

완전히 정예라곤 할 수 없으나 그래도 500명의 인원과 그에 더해 바하무트를 제외하고 가장 강하다고 봐도 과언이 아닌 베일리푸스가 간다면, 그리고 블라우그룬까지 더해진다면 이하의 안전은 충분히 보장하고도 남는다.

―으음, 그럼 블라우그룬 씨까지 부를 필요는 없겠네.

―뭐? 이쪽은 지금 난리라니까! 2시간 30분간 가야 할 거리를― 벌써 엄청나게 좁혀 들어오고 있다고! 앞으로 20분도 안 돼서 조우할 가능성이 커!

그러나 정작 이하는 그럴 마음이 없었다.
베일리푸스까지 오는 와중에 굳이 블라우그룬을 부를 필요가 있을까.

―블라우그룬 씨까지 부르는 건 전력 낭비지. 아마 우리가 마주하지 못했었던, 뭐, 새로운 종류의 특급 필드 보스 수준이지 않을까? 우리한테 우선시되는 건 마왕의 조각들의 거처를 찾는 것. 그걸 잊어선 안 된다고.

람화연은 다소 답답한 마음이 들 정도였다.
기껏 걱정이 되어 연락까지 했건만, 르크의 지시는 곧이곧대로 받아 괴생명체를 관찰하기 위한 준비를 한다면서, 정작 자신의 말은 듣지 않는 것인가.
그러나 이하에게도 타당한 이유는 있었다.

―그렇게 태평하게―.
―너무 걱정 마, 화연아. 오빠가 있잖아.

이제 자신은 이런 말을 할 정도로 강하니까.

제 한 몸을 간수하는 것은 물론, 주변의 그 누구에게도 피해가 가지 않도록 적을 막을 수 있다는 자신감이 있었다.

'아…….'

람화연은 갑자기 다리에 힘이 풀리는 느낌이 들었다.

적어도 그녀에게 있어선 이하를 만난 이래 가장 울림이 좋은 목소리라고 느껴졌다.

'역시 남자는 자신감이…… 가 아니고.'

─그렇게까지 말해 놓고 다치기만 해. 이번 원정에서 꼭 필요한 존재라는 거 알고 있지?

─흐음, 그래서 날 걱정해 준 걸까?

─그, 그건 아니지만─ 하여튼! 잘하라고!

─낄낄, 걱정 마. 화연이 너도 오퍼레이터 실에 있지 않고 굳이 따라왔다는 것만으로도 이번 작전의 중요성을 나타내는 거잖아? 나도 다 알고 있다고.

람화연이 직접 동행할 정도로 현장에서의 정보 처리가 필요하다.

매 순간순간마다 빨치산 요새의 오퍼레이터들에게서 〈하우스하우스〉 관련 정보를 수집, 처리하며 동행하는 그녀의 업무 처리 능력이 더해진다면 군세의 행군은 멈추지 않아도 되기 때문이다.

"결국, 지금 다가오는 무언가를 내 등 뒤로 보내선 안 된다는 거겠지. 안 그래, 블랙?"

―큭큭……나는 그저 새로운 놈의 피 맛이 궁금할 뿐이다, 각인자여. ―

"그래, 그래. 한번 보기나 하자고. 젤라퐁! 저쪽 나무, 저 위로 올려 줘!"

[뭉!]

주변에는 길쭉하게 솟은 나무들이 많았다.

수령을 짐작조차 할 수 없을 정도로 거대한 나무의 위로 올라간다면 멀리서부터 다가오는 적을 볼 시야가 확보될 터, 이하의 움직임을 방해하는 유저들은 없었다.

적어도 389번 소속의 유저들은 모두 이하가 자신들보다 윗단계의 유저라는 걸 인정하고 있다는 의미였다.

'어차피 24시간 이내에 마왕의 조각을 발견할 확률은 낮다. 그리고 아직 적은 내가 관찰을 시작했다는 사실을 모를 확률이 높아. 그렇다면……'

새로운 스킬을 테스트하기 아주 좋은 기회다.

이하는 〈독수리의 눈〉과 스코프를 활용해 적의 위치를 가늠하기 시작했다.

이미 〈꿰뚫어 보는 눈〉까지 있었으므로 지상에 무성하게 자란, 이하가 올라와 있는 키 높은 나무들은 아무런 방해도 되지 않았다.

—하이하 씨가 바라보는 방향을 기준으로 11시 쪽일 거예요. 좌측에서 우측으로 빠르게 이동하는 생명체를 찾으시면 틀림없습니다.

—오케이, 고마워요, 루비니 씨.

루비니에게서 개략적인 방향까지 지시 받았으므로 보는 건 어려운 게 아니다.

이제 적이 이하 자신의 시야 안에만 들어온다면······.

'〈의지의 탄환〉을 먹여 주마.'

적의 속도가 빠르다는 건 들었으나 탄환보다 빠른 게 아니라면, 목표물을 추적해서 자동으로 적중하는 새로운 스킬은 반드시 그 효과를 보여 줄 것이다.

'나뭇가지나 이파리 따위는 상관없어. 내 LRRS의 운동 에너지, 그 데미지라면 전부 다 뚫고 가거나 피해 갈 테니까.'

이하는 그곳에서 잠시 대기했다.

현재 1500개 모든 조의 행동은 멈춘 상태였다.

다가오는 적을 처치하고 나서 이동해야 열을 맞출 수 있기 때문이다.

결국 이하 자신이 빠르게 처리하는 게 시간이 생명인 이번 퀘스트 클리어 확률을 더 높여 줄 수 있다는 의미이기도 했다.

그렇게 대기하기를 약 7분여.

마침내 이하의 시야에 무언가가 들어왔다.

여전히 거리는 매우 멀어 명확히 파악하긴 어려웠지만 대략적인 신체 정보 등은 파악할 수 있었다.

—보입니다. 형체는 인간형, 으음, 마스터케이의 〈공룡화〉 스킬 상태를 아신다면 대충 그런 느낌을 상상해 주시면 될 것 같아요. 뭔가 새카만 기운이 온몸에서 계속 뿜어져 나오고 있고…… 따라서 정확한 크기 가늠이 힘들긴 하지만, 키 또한 평균적인 성인 남성? 그보다 아주 약간 작나?

이하는 눈에 보이는 정보를 라르크와 신나라 그리고 람화연 등에게 즉시 보고했다.

역시 움직임이 보인다는 것 자체만으로도 탄환보다는 느린 게 확실했다.

'맞출 수 있어. 아무런 문제도 없다. 조금만 더 다가오면……즉시 쏜다.'

—으음, 새카만 증기 같은 게 온몸에서 나오는 줄 알았는데, 정확히는 팔 쪽에서 뿜어지는 것 같네요. 뭘 쥐고 있는 건가— 검? 검인가, 저거? 무기를 쓰는 몬스터……는 아닐 테고, 아무래도 마왕군 소속 유저일 확률도 생각해 봐야겠습니

다. 그것도 아니라면—.

이하의 머릿속에 스치고 가는 게 있었다.

인간 형태이면서 저토록 강대한 기운을 내뿜을 만한 몬스터, 그것은 마왕의 조각밖에 없지 않은가.

그러나 마왕의 조각들이 전부 사라진 지금은?

—마왕의 조각들이 수족처럼 부렸던— 에윈 총사령관이랑 그랜빌 장군한테 물어봐요, 얼른! 혹시 마왕의 조각들이 중용했던 지휘관급 몬스터 중에서 이런 형태가 있었는지!

심지어 '저것'의 등장처는 시티 페클로다.

당연히 마왕의 조각들과 어떤 관련이 있다고 생각하는 게 우선이지 않은가!

'만약 정말 그렇다면 죽여선 안 돼. 저걸 생포해야 마왕의 조각들을 찾을 수 있는 단서를 얻게 될 거다.'

이하는 생각했다. 그리고 그 생각은 람화연, 라르크, 신나라 모두 하고 있는 것이었다.

"으음…… 흑색의 검을 들고, 검은 연기와 같은 기운을 뿜어 대는 놈이라……."

"딱히 생각나는 녀석은 없군. 기브리드가 만들어 낸 검은 덩어리는 많았지만, 대체로 형태를 알아보기 힘든 것이었지.

피로트-코크리의 것 또한 '조형미'를 중시하는 '조립식 언데드'들이 많았고."

다만 에윈과 그랜빌은 고개만 갸웃거릴 뿐, 유저들이 원하는 답변을 주지 않았다.

이하는 점차 빠르게 접근하는 괴생명체를 보며 약간의 초조함을 느꼈다.

쏴 죽이려면 당장이라도 할 수 있지만, 이것을 생포해야 하는 건 다른 이야기다.

생포해야 한다면 〈의지의 탄환〉은 쓸 수 없다. 그것은 '즉사 포인트'에 적중해 버리는 스킬이니까.

"베일리푸스 님, 제가 녀석의 다리만 쏜다면— 바로 포획 마법 사용하실 수 있나요?"

어느새 자신의 곁에 다가온 베일리푸스와 알렉산더를 느끼곤 이하가 물었다.

그러나 베일리푸스와 알렉산더가 오히려 놀란 표정을 지어 보였다.

[그렇다. 너는 가능한가, 하이하.]

"저 속도를 맞출 수 있다고?"

"빠르긴 하지만 문제 될 건 없어요. 오히려 문제라면 일격에 죽어 버릴까 봐 걱정이지."

엘리자베스라면 데미지를 조절할 수 있었지만 이하는 그게 불가능하다.

피격 부위에 따라 판정이 다르게 들어간다고 해도 이하와 블랙 베스의 데미지가 일반 유저들에 비해 '차원이 다른' 수준이므로, 이런 걱정을 할 수밖에 없는 것이다.

"으음…… 자신 있는 것은 좋다. 그러나 빗나간다면 놈은 즉각 총사령관에게 돌격할 것이다."

[바하무트 님이 그곳에 계신다지만 만전을 기해 나쁠 것은 없는 법. 나는 당장이라도 가능하다.]

알렉산더와 베일리푸스는 각각 우려와 독려로 이하에게 말했다.

이하는 고개만 끄덕이며 달려오는 적을 보았다.

"베일리푸스 님도 모르시는 거 맞죠?"

[그렇다. 느껴지는 것은 지독한 밑바닥의 기운뿐이다. 섬뜩할 정도로군.]

"후우우우…… 알겠습니다. 준비해 주세요."

베일리푸스 또한 적의 정체를 모른다면, 이제 남은 건 하나뿐이다. 이하는 호흡을 가다듬었다.

벌써 괴생명체와의 거리는 상당히 줄어들어 있었다.

'약 3km 남짓인가. 엄청난 속도이긴 하군.'

이제 쏴야 한다. 이 정도 속도라면 스코프의 클릭 조정은 별 의미도 없다.

이하는 〈독수리의 눈〉으로만 적을 살폈다.

"어……엥? 자, 잠깐만."

"왜 그러지."

그리고 마침내, 이하는 당황했다. 달려오는 괴생명체를 보면서.

뜨악한 표정으로 알렉산더를 보면서 이하는 잠시 말문이 막혔다.

"저거, 저기, 저 사람!"

"사람? 유저인가?"

"유저인 정도가 아니라―."

[바――하――무――트――!]

이하의 말을 끊으며 쩌렁쩌렁한 목소리가 울려 퍼졌다.

3km 밖에서도 우렁차게 들린 목소리는 이하보다 다소 뒤에 있는 람화연과 라르크, 신나라 등도 충분히 들을 수 있을 정도였다.

"음? 어디서 들어 본 목소리인데?"

"잠깐― 들어 본 목소리라니? 그럼 지금 다가오고 있는 저 검은 점이 사람이라는 거예요? 유저든 NPC든 말이 안 되지 않나요?"

유저들이 잠시 웅성거릴 때, 누군가가 너털웃음을 터뜨렸다.

"바하무트 님?"

"로드 바하무트, 알고 계시는 겁니까."

껄껄거리며 웃는 것은 바하무트였다.

에윈의 물음에 그는 고개를 끄덕였다. 유저들은 이제 어찌

된 영문인지 알 수 없을 지경이었다.

도대체 저것은 누구이고, 왜 바하무트를 저렇게 분노에 찬 목소리로 찾으며, 심지어 그 소리를 들어 놓고도 바하무트는 웃을 수 있단 말인가.

그 즈음에서, 라르크는 마침내 '목소리'의 정체를 기억해 냈다.

"……사라졌던 사람."

"네?"

"최근— 아니, 최근 정도가 아니지. 계속해서 보이지 않았던 사람이 하나 있죠. 제가 알기로 그가 사라진 곳은……. 샤즈라시안 북측의, 과거 피로트-코크리가 힘을 숨기고 있던 장소였어요. 조금 불안정하긴 하지만, 거기도 어쨌든 〈시티 페클로〉. 그리고 지금, 여기도 신대륙의 〈시티 페클로〉니까."

라르크는 바하무트를 보았다.

바하무트는 제법 놀란 눈으로 라르크를 보고 있었다.

"똑똑한 인간이로군. 하긴, 티아마트를 죽일 자격이 있는 자이니 당연한가."

"알고 계셨던 겁니까? 아니, 알고 계셨겠죠. 아까 무언가를 숨기고 계신 거라 생각했는데— 그게 이 사람이었군요?"

"흘흘, 그러나 나도 이 시점에 돌아올 줄은 몰랐네. 아직 한참은 더 걸릴 거라 생각했는데…… 인간들에게도 아직 아흘로의 보살핌이 따르나 보군."

바하무트의 말을 들으면서도 신나라는 이해하지 못했다. 그들의 대화에서 감을 잡은 건 람화연이었다.

"설마—."

—화연아, 화연아! 저거— 적이 아니야— 저 사람은…….

"—이지원……."

랭킹 2위, 샤즈라시안 북부 〈시티 페클로〉의 심연의 아가리 속으로 들어갔던 마검사가 복귀했다.

Geschoss 8.

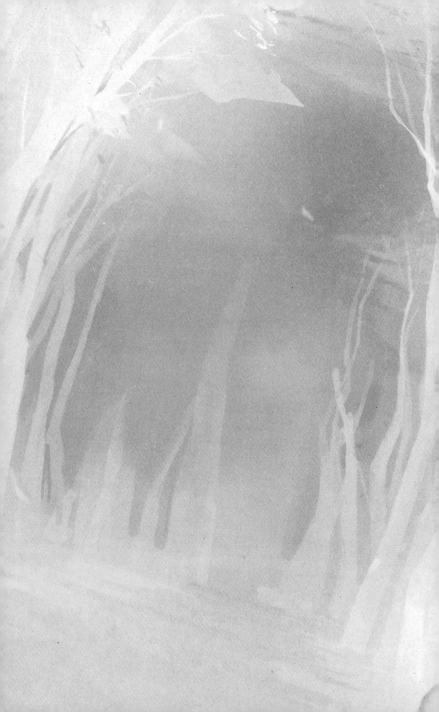

　"아니, 잠깐— 이지원이면 어떻게…… 엥? 이지원 씨! 이지원— 이게 들릴 리가 없으니—."

　이하는 곧장 블랙 베스를 치켜들고 방아쇠를 당겼다.

　신대륙 동부에서 가장 이질적인 굉음이 한 번 울렸음에도 이지원은 멈추지 않았다.

　—더 빨라졌어요, 하이하 씨!

　오히려 루비니가 걱정할 정도로 이지원은 속도를 높였다.

　순식간에 1km를 더 줄인 이지원을 보며 이하는 패닉에 빠질 지경이었다.

　쏴야 하나?

이지원이라면 총성을 분명히 들었을 텐데, 이게 어떤 의미인지 이해할 텐데 어째서 멈추거나 귓속말을 하지 않는 거지?

무엇보다 그가 단 한마디 외쳤던 게 어떤 뉘앙스였는지 느껴지지 않았나.

'바하무트의 이름을 외치던 건 분명히……'

이하는 그제야 무언가를 깨닫고 옆을 돌아보았다.

"베일리푸스 님!"

에인션트 골드 드래곤은 어떻게 생각하는가.

그러나 당황한 이하와 달리 알렉산더와 베일리푸스는 웃고 있었다.

[그런가. 이지원이었나. 느껴지는 이 밑바닥의 기운은 그것이었군.]

"훗. 돌아온 거다."

"얼레? 네? 돌아왔다? 이지원이 왜 사라졌는지 알고 계셨나요?"

이하가 황당한 얼굴을 하자 알렉산더와 베일리푸스는 동시에 고개를 끄덕였다.

이지원이 사라진 장소는 라르크의 추측처럼 샤즈라시안 최북단이다.

언젠가 이하가 발견했던 피로트-코크리가 스스로를 봉인한 장소. 즉, 로페 대륙의 〈시티 페클로〉였다.

그곳에서 자신의 애검, 〈솔 블레이드〉와 관련된 단서를 찾기 위해 이지원은 발을 들였고 갑자기 나타난 괴한(?)과의 싸움에서 패하며 자신의 상태를 객관적으로 볼 수 있었다.

이지원이 그때 싸웠던 상대가 바로 '바하무트'였다.

그들의 이야기를 들으며 이하는 의문이 들었다.

어째서 바하무트가 그 순간에 그곳에 있었을까.

"네? 바하무트 님이 근데 어떻게 거기를―."

"내가 부탁했다."

"알렉산더 씨가……?"

이하는 휘둥그레진 눈으로 알렉산더를 바라보았다.

바하무트와 이지원이 나눴던 대화에 대해서는 알 리가 없는 이하였으므로, 당연히 추측할 수 없는 일이었다.

[피로트―코크리는 마왕의 조각 중 가장 꾀가 많은 녀석이다. 모르는 자라면 당하는 게 당연하지. 하지만…… 솔의 열쇠를 쥐고 있는 네 녀석이 당하는 걸 볼 수만은 없겠군. 나와 함께 가겠나.]

[가면…… 되는 거임? 근데 왜 도와주는 거임?]

[네가 이지원이 아닌가. 네 녀석을 신경 쓰는 자들이 있다.]

바하무트 또한 이지원에게는 말하지 않았다. 이지원을 '신경 쓰는 자'가 누구라는 것을.

당연히 알렉산더와 베일리푸스가 밝히지 말아 달라고 했기 때문이다.

베일리푸스는 얼이 나간 이하를 보며 말을 이었다.

[당시 로드는 인간의 힘이 아직 부족할 거라고 말씀하셨으나, 알렉산더와 나의 의견은 달랐다. 이지원이라면 어느 곳에 있어도 자신의 힘을 발휘할 줄 아는 자. 인간 중에서도 더욱 끈질긴 집념이 있는 자라면 〈심연의 아가리〉 속에서도 반드시 살아 돌아올 줄 알았지.]

"설마…… 아니, 두 분은— 이지원 씨를 그렇게 많이 안 좋아하시는 줄 알았는데요."

랭킹 1위와 랭킹 2위가 티격태격했던 게 도대체 얼마나 오래전부터 이어져 왔던 일인가.

알렉산더만 보면 시비를 걸지 못해 안달인 이지원과, 이지원을 언젠가 반드시 '참교육'하겠다며 이를 갈던 게 베일리푸스와 알렉산더 콤비인 줄 알았건만.

'아니, 하지만— 서로가 서로를 인정하고 있다는 건 분명했어. 애당초 알렉산더가 발끈하는 상대는 이지원이나 루거 정도, 즉, 자신과 베일리푸스에게 심각한 데미지를 입힐 가능성이 있는 유저들이었으니까.'

일반 유저들의 도발 따위는 신경도 쓰지 않는 그가 본심을 드러내는 단 두 명의 상대.

알렉산더와 베일리푸스는 이하의 생각보다도 더욱 이지원을 걱정하고 있었던 것이다.

"아직 1차 전직 상태의 이지원이 2차 전직을 마친다면, 정의를 집행하는 데 누구보다 큰 도움이 될 거라는 건 분명하지 않은가?"

미들 어스의 평화와 정의를 위해서…….

이하는 새삼 알렉산더의 큰 그림에 감탄했다. 랭킹 1위는 괜히 랭킹 1위가 아니라는 생각도 들었다.

그러나 이 세상 모두가 알렉산더나 베일리푸스처럼 생각한다면 얼마나 좋을까.

"그, 저기, 그런데요."

"음?"

"바하무트 님께…… 가 보셔야 하지 않을까요?"

"어째서지?"

이하는 확신했다. 알렉산더와 베일리푸스는 전혀 모르고 있다.

신경 써 준 것은 고마우나, 빠져나올 수도 없는 〈심연의 아가리〉 속에 무작정 밀어 넣고, 그곳에서 몇 달이 넘도록 바깥으로 나오지 못한 자가 어떤 생각을 하는지.

[죽여——— 버리겠어———!]

과거와는 분위기가 사뭇 달라진 이지원이 포효했다.

지상에 있는 꽤 많은 유저들이 [상태 이상: 마비]에 걸릴 정도로 강력한 힘이 담긴 외침이었다.

"음? 이지원?"

[은혜도 모르는 배은망덕한 녀석이!]

그 와중에도 이지원을 향해 화를 내는 알렉산더와 베일리 푸스 콤비를 보며 이하는 한숨을 내쉬었다.

"크으…… 특별한 해명이나 설명도 듣지 않고 그걸 은혜라 며 100% 수용할 만한 사람이…… 세상에 얼마나 된다고."

이지원 당신의 2차 전직을 위하여 우리가 바하무트에게 특 별히 부탁했다. 그러나 부탁한 게 알려지면 부끄러우니 그 말 은 하지 말아 달라고 했다.

지금의 이지원은 위와 같은 최소한의 상황조차 모른다.

조금 전 이하가 들었던 만큼의 설명조차 듣지 못한 채, 무 작정 바하무트에게 공격당하고 막무가내로 심연의 아가리 속 으로 밀어 넣어진 셈이나 다름없지 않은가!

"뭐라고 했지, 하이하."

"아, 아뇨. 우선 바하무트 님께 가 봐야 할 것 같다는 겁니다."

[가자, 교우여.]

"음. 아무래도 오늘은 혼쭐을 내 줘야 하겠군!"

이하의 말이 끝나기 무섭게 알렉산더와 베일리푸스는 바하 무트를 향했다.

이제 이하의 시야에도 또렷하게 그의 모습이 잡히고 있었다.

'그래. 검은 증기가 뿜어져 나오는 건, 그 전매특허의 〈솔 블레이드〉였군. 새카만 검신은…… 음, 근데 예전이랑 모습이 좀 변한 것 같은데? 검도 그렇고 — 사람도 그렇고.'

까불거리는 '급식'은 어디 갔지?

지금 이하의 눈에 보이는 건 지옥에서 돌아온 야차라고 해도 믿을 법한 눈빛의 마검사였다.

[〈솔 블레이드〉!]

그것도 자신을 암흑의 구렁텅이로 몰아넣었던 메탈 드래곤의 수장에게 복수(?)하려는 집념을 지닌 눈빛이었다.

그의 새카만 검에서 검은 화염이 타오르기 시작했다.

이지원은 이하의 389번 조 근처로 모인 500명의 유저를 상대하지 않았다.

유저들 또한 이지원에 대해 적절한 행동을 취할 수 없었다.

그가 우리 편인지 아닌지에 대한 판단도 있었지만, 이지원의 속도와 마치 연기처럼 흩어졌다 뭉치며 나타나는 움직임 때문이었다.

"어어, 어어!?"

"우왁, 이 검은 연기는 뭐야— ?상이 태상"

"?고라뭐? !?야이일 슨무"

"!다이란혼 상이태상"

유저들은 이지원이 자신의 곁을 스쳐 지나갔다, 라고 느낀 순간 벌써 상태 이상: 혼란에 빠지고 있었던 것이다.

모여 있던 조를 지나고 나면? 곧장 〈신성 연합〉의 총사령관
이 있는 장소다.

"자, 잠깐만! 이지원 씨! 〈감싸 안는 그린〉!"

"크윽, 〈앙가즈망〉!"

눈이 뒤집힌 이지원을 보며 라르크와 신나라가 앞으로 나
섰다.

[잔챙이는 꺼져!]

카아아아앙————————!

"끄윽!? 감싸 안는 그린에 금이—."

"앙가즈망을 강제로 풀었어?"

제각기 보호막과 시간 끌기용 스킬을 사용한 두 사람이었
으나, 이지원의 일격에는 통하지 않았다.

후속 스킬을 사용하려 해도 이미 늦었다. 이지원은 벌써 바
하무트 앞에서 검을 치켜들었다.

바하무트는 자신의 앞에 당도한 이지원을 보며 웃었다.

"이제야 심연의 힘을 다룰 줄 알게 되었는가."

[처먹어 보면 알겠지! 〈코로나 제트〉!]

"〈블링크〉. 〈워터-폴〉."

슈왁—!

바하무트는 검은 화염을 피하며 곧장 수 속성 마법을 사용
했다.

이지원의 검에서 뿜어진 검은 화염을 소화하기 위함이었으

나, 검은 화염은 물을 뚫고 나아갔다.

"……세상에."

"무슨— 상쇄 스킬에 적중되고도 저런—."

바하무트의 스킬에 적중된 검은 화염은 그 이후로도 상당수 뻗어 나갔다.

화염에 직격된 신대륙 동부의 거목들은 1초도 채 되지 않아 숯이 되었다.

[〈기가 라이트닝〉!]

"〈블링크〉."

나뭇가지들과 이파리에 가려 보이지도 않던 하늘이 모습을 드러냈다.

이지원의 손에서 뻗어 나간 검은 번개가 상당한 범위 내의 나뭇가지들을 모조리 태우며 날려 버렸기 때문이다.

"잔해 떨어진다, 피해!"

"으어어어, 그나저나 이지원의 마법도 마법이지만……."

"신대륙 동부에서 블링크를 저토록 간단하게— 역시 플래티넘 드래곤인가."

헤인 정도 되는 유저도 텔레포트는 불가능하며 가까스로 블링크를 쓸 수 있는 게 전부다. 그나마도 즉발 스킬인 블링크가 캐스팅 시간이 제법 필요하다.

마치 구대륙처럼 자유자재로 공간을 오가는 바하무트를 보며 마법사 직업군 유저들이 경의를 표할 수밖에 없는 것이다.

"심연의 힘은 눈이 먼 채 사용해서는 안 되는 법이다. 마구 잡이로 남발할 게 아니라—."

[닥쳐, 뭘 안다고! 나는 심연을 지배했다! 〈심연의 투사〉라고!]

"〈블링크〉."

폭발적인 기세로 휘두른 검이었으나 역시 하늘을 향해 막대한 흑색 화염을 내뿜어 댈 뿐이었다.

이번엔 블링크로 피한 바하무트보다도 주변의 유저들이 놀랐다.

특히 이지원에 대해 알고 있는 유저, 심연에 대해 알고 있는 유저라면 놀랄 수밖에 없었다.

"심연. 2차 전직. 요소."

"인간. 심연의 끝을 보았다고?"

여전히 끊기는 말투였으나 람화정과 아르젠마트조차 놀란 얼굴이었다.

이지원의 외침을 들은 이하 또한 비슷한 생각이었다.

'역시. 아까 베일리푸스의 이야기만 들어도…… 2차 전직과 관련된 심연에서 홀로 힘으로 돌아왔다는 행위 자체가 2차 전직을 완료했다는 의미겠지. 으음, 그럼 어쨌든 바하무트 덕분에 한 거 아닌가? 아니, 쉽지 않긴 했겠지만—.'

현실 시간으로도 몇 달이 넘는 시간 동안 심연에 갇혀 있어야 한다.

그곳이 어떤 곳인지 알 수 없는 이하로서는 조금쯤 쉽게 생각할 수밖에 없었다.

그러나 만약 이하의 생각만큼 심연에서의 생활이 쉬웠다면, 이지원은 결코 이런 모습을 보이지 않았으리라.

[이지원! 감히 로드께 건방진 언행을!]

"돌아오자마자 난동부터 부리는 건가!"

알렉산더와 베일리푸스가 바하무트를 호위하는 자세를 취하기까지는 몇 초 걸리지도 않았다.

그러나 이지원은 이미 공중으로 날아올라 그들에게 검을 휘두르고 있었다.

[으아아, 너희들도 꺼져! 〈코로나 제트〉!]

멀리서 볼 때는 알 수 없었다. 그러나 코앞에서 이지원의 위력을 느낀 알렉산더와 베일리푸스는, 잠깐의 주저도 하지 않았다.

주저하면 본인들이 죽어야 한다는 걸 알았으니까.

"〈융합Mash-up〉!"

————————……!!!!

검은 화염이 그들에게 직격되기 전, 두 개의 빛 덩이가 생성되었다.

"우와아악! 뭐야, 이건!"

"아니, 근데 여기서 우리끼리 도대체 왜 싸우는 거야!?"

시각 장애를 일으킬 것 같은 강렬한 빛은 모든 유저들이 눈을 질끈 감도록 만들었다.

그 와중에도 기정을 비롯한 몇몇 유저들이 불평을 토해 냈으나 이지원은 들은 척도 하지 않았다.

"융합까지…… 알렉산더 최강 스킬인데 저걸—."

써야 할 정도로 이지원이 강력하다는 의미인가.

그러나 빛의 잔상이 겨우 사라졌을 때, 이하는 한 번 더 놀라야 했다.

융합을 사용한 알렉산더—베일리푸스 콤비가 이지원의 일격을 막아 내지 못했으니까.

용인龍人이 사용하던 빛의 창은 반으로 부러져 있었다.

하물며 찢겨 나간 피부나 새카맣게 검댕이 묻어 버린 신체의 곳곳은 얼마나 데미지를 입었을까.

[크으윽…… 고맙소, 로드.]

알렉산더는 바하무트의 보조가 없었다면 자신이 죽었을지도 모른다는 점을 인정했다.

그것은 유저들에게 상당히 충격적인 장면이었다.

아무리 기습적인 일격이었다지만, 공식적인 랭킹 1위가 공식적인 랭킹 2위에게 박살 나는 순간이었기 때문이다.

그제야 바하무트의 인상도 일그러지기 시작했다.

"심연은 지배할 수가 없는 것이다. 그저 관찰만이 가능한 공간에 대하여 너무 자만하는구나, 인간아."

바하무트는 용인으로 변한 알렉산더—베일리푸스에게 힐

을 하며 그를 지상으로 내려 보냈다. 라파엘라가 황급히 달려가 그들을 치료하기 시작했다.

이지원은 그쪽을 바라보지도 않았다.

타오르는 그의 눈빛이 고정하고 있는 상대는 오직 바하무트뿐이었다.

[자만인지, 아닌지는 직접 확인해 보시던가. 이제 '진짜'를 보여 줄 테니까.]

심연에서의 생활은 그의 정신과 성격에 영향을 끼치기에 충분했다는 의미였다.

[〈솔 블레이드: 릴리즈Release〉.]

그는 마침내 2차 전직 직업, 〈심연의 투사〉의 스킬을 사용했다.

이하는 이미 이지원을 겨눈 상태였다.

무슨 일이 벌어지고 있는지 이지원이 어떤 생활을 해 왔는지 알 수 없지만, 이 일을 막아야 한다는 건 분명했다.

'하지만 〈마나 증발탄〉을 쓰기도 좀 그렇고…… 젠장, 〈번아웃〉으로 일단 맞춰 봐? 그랬다가 이지원이 죽어 버리면 그것도 곤란한데.'

막아야 함은 알고 있으나 자신의 너무 강한 데미지가 오히려 화근이 되어 버리고 있었으니, 이하로서도 섣불리 결정을 내리긴 어려웠다.

어쨌든 당장 알렉산더─베일리푸스의 개입도 필요 없다는 듯 바하무트가 나선 상태이므로, 당장은 추이를 지켜보는 수밖에 없으리라.

'가장 큰 변화는 검인가.'

흑색의 화염이 줄기줄기 뿜어지던 그의 솔 블레이드가 변하기 시작했다.

이하는 그제야 이지원이 사용한 스킬명을 되뇌었다.

'릴리즈. 개방? 숨겨 놨던 힘을 풀어 놓는 거겠지. 그리고 그 힘의 정체는 심연 속 무언가.'

이지원의 검이 조각나고 있었다. 여러 조각으로 변한 상태에서도 그것은 어쨌든 검의 형태는 유지한 상태였다.

그러나 조각과 조각이 미묘하게 떠 있다는 걸 이하는 볼 수 있었기에, 대략적인 검의 움직임도 유추가 가능했다.

'늘어나는 거구나. 무슨 힘을 어떻게 쓰는지는 몰라도……'

늘어나는 검의 형태가 된 것이다.

검이 변형을 마쳤을 즈음 이지원의 왼손에는 새카만 구가 쥐어져 있었다.

정확히는 형태가 구체일 뿐, 시시각각 변하고 있는 검은 기운의 덩어리였다.

"저거, 언젠가 본 적 있어. 저게 막 엄청나게 커지면서 주변

공간을 다 잡아먹었었는데…….”

기정은 이지원과 함께 싸운 적이 있다.

기브리드와 레를 상대하러 목숨을 걸고 뛰어들었을 때, 이지원 또한 몰래 기정의 뒤를 쫓아 마왕의 조각들을 상대했었다.

그때, 솔 블레이드 리버스라는 스킬을 사용하여 주변의 공간을 오직 자신만의 검은 공간으로 만든 후, 마치 제집처럼 드나들며 푸른 수염을 농락한 적도 있지 않았던가.

그때와 다른 점이라면, 지금은 검은 공간이 늘어나지 않고 이지원의 손에만 들려 있다는 것이었다.

바하무트는 이지원의 변화를 유심히 관찰하며 말했다.

“피로트-코크리의 장난은 전부 깨우쳤나 보군. 그러려면 어비스 디아볼로 또한 제압해야 했겠지. 그래, 몇 기나 상대했나.”

[그걸 말해 줄 의무가 있나? 미친놈아, 너 때문에 내가— 정신과 치료까지 받으면서, 게임을 접지 않은 건, 복수, 복수만을 위해서…….]

이지원의 몸이 파르르 떨리고 있었다.

멀찍이서 지켜보던 이하조차 흠칫할 정도의 원한이 담긴 눈빛이었다.

바하무트는 한숨을 내쉬었다.

“그러나 동시에 심연에 먹힌 건가. 심연은 네 녀석만 관찰할 수 있는 게 아니다. 심연 또한 너를 관찰하거늘, 그것을 완전히 제압하기에는 조금 부족했나 보군. 하지만 이 정도면 훌륭하다."

[닥쳐어어어어어어! 〈솔 크—〉

"〈클레어 스트—.〉"

이지원은 바하무트를 향해 도약했다. 바하무트도 이지원을 향해 손을 휘둘렀다.

정확히는, 휘두르려 했다.

도약하는 이지원과 손을 뻗는 바하무트의 사이로 누군가가 끼어든 것은 그때였다.

이지원이 내뿜는 검은 기운보다는 조금 더 차분한 무광의 블랙을 온몸에 뒤덮고 있는 남자.

[같은 팀끼리 뭐 해요, 진짜아아아아!]

혜인의 〈리버스 그래비티〉의 도움을 받아 공중으로 날아오른 〈공룡화〉 상태의 기정이 양측을 향해 손을 뻗었다.

검조차 쥐지 않은 그의 갑작스러운 등장에 바하무트와 이지원 모두 얼굴을 일그러뜨렸다.

한 번 방출시킨 힘을 회수하는 건 너무나 어려운 일이다.

하물며 이토록 가까운 거리에선 그 힘의 방향조차 제어할 수 없다.

"무슨—."

[이익—!?]

[〈아흘로의 방패〉!]

콰아아아앙――――――……!

기정의 외침과 함께 대폭발이 일어났다.

[묘오오오오옹―!]

젤라퐁이 이하를 자연스레 감쌀 정도의 후폭풍이 일었다. 너무나 갑작스레 벌어진 일에 주변의 유저들은 모두 어안이 벙벙했다.

"와, 피 단 것 봐. 스킬에 적중된 것도 아닌데……."

"쉴드 깨졌네. 미친 거 아닌가."

이하와 함께 있던 유저들이 웅성거렸다.

거리가 제법 있다고 하여 개인적인 방어 스킬조차 쓰지 않고 있던 몇몇 유저들은 허공에 팔을 허우적거릴 정도였다.

그저 후폭풍만으로도 상당량의 HP가 감소되었다는 의미다.

'설마 사망자는…… 기정이!'

이하는 〈꿰뚫어 보는 눈〉으로 아직 먼지가 미처 가라앉지 않은 현장을 살폈다.

땅으로 착지한 기정과 이지원 그리고 바하무트까지도 모두가 눈에 잘 들어왔다.

그 외에도 죽은 자는 없었다.

에윈과 그랜빌의 그 근처에 있던 유저들은 베테랑 중의 베테랑이다.

이지원이 난동을 부리기 시작했을 때 이미 최고 수준의 스킬을 사용한 다음이었으므로, 오히려 그 근방에서 죽은 유저나 NPC는 발생하지 않았다.

'하긴, 라파엘라 씨가 있으니…… 아니, 이럴 때가 아냐. 나도 가 봐야겠다.'

이하는 빈자리를 향해 총구를 겨누곤 곧장 〈고스트 인 더 쉘〉을 사용했다.

"기정아! 바하무트 님!"

[후우우우…… 형.]

"하이하인가."

모두 체력과 정신이 멀쩡한 것을 확인한 후 이하는 이지원을 향해 소리쳤다.

"이지원 씨! 무슨 짓입니까! 무슨 일이 있었는지는 잘 모르겠지만 이런 식으로 행동—……."

그러나 말을 끝까지 이을 수는 없었다. 조금 전까지 분노로 가득 차 있던 그의 눈빛은 변해 있었기 때문이다.

이지원은 이하와 바하무트를 번갈아 멀뚱히 바라보고 있었다.

그러나 바라보기만 할 뿐, 그는 입을 열지 않았다.

"이지원 씨?"

"아아. 지송. 말을 하도 안 해 버릇해서 머릿속으로 말하는지 입으로 말하는지 헷갈림."

"……응?"

무슨 소리를 하는 걸까. 이하는 황당했다.

애당초 시선은 분명 이하 자신을 보는 것 같건만, 정작 그 눈빛에 초점은 없어 보이는 느낌이라니?

'뭔가…… 이상해.'

정상이 아니라는 건 확실히 알 수 있었다. 라파엘라에 의해 치료를 마친 알렉산더도 마찬가지였다.

"이지원, 너 이 자식— 음?"

분노 가득한 얼굴로 이지원을 후릴 것처럼 다가왔으나, 그도 멍청한 자세로 어정쩡하게 서 있는 이지원을 보며 무슨 행동을 해야 할지 감을 잡지 못했다.

그때, 따각거리는 말발굽 소리가 들려왔다.

"다들 흥분이 가라앉았으면 진정해 주겠나. 오늘은 이곳에서 야영을 해야 될 것 같은데. 그래도 괜찮겠습니까, 로드 바하무트."

"으음……."

"행군을 계속하는 것보다야, 아무래도 유의미한 일이 있을 것 같으니 말입니다."

예전의 〈시티 페클로〉에서 사라져, 지금의 〈시티 페클로〉에서 나타난 〈심연의 투사〉.

총사령관 에윈은 명확하게 맥을 짚으며 상황을 정리했다.

바하무트가 고개를 끄덕이자마자 라르크를 비롯한 참모들은 곧장 천막을 설치하기 시작했다.

지금부터 이어질 대화들이 주변으로 새어 나가선 안 될 거라는 감을 잡은 건 에윈뿐만이 아니었다.

천막 안은 꽤 비좁았다. 드래곤 중에서는 바하무트와 베일리푸스.

NPC 중에서는 에윈과 그랜빌을 포함한 극소수의 참모.

그 외의 유저로 라르크와 신나라, 람화연, 알렉산더에 더해 전투를 멈춰 세운 공로(?)를 인정받은 기정과 마왕의 조각 추격에서 앞서 줘야 하는 이하 그리고 심연에 다녀온 유일한 유저였던 람화정까지 들어와 있었기 때문이다.

꽤 북적거릴 것 같은 상황에서도 의외로 천막 내부는 조용했다.

이지원의 이야기에 충격을 받은 자가 한둘이 아니었기 때문이다.

"……."

"이지원 씨, 지금 입 다물고 계세요."

"아, 지송. 자꾸 그러네."

이지원은 때때로 입을 다문 채 사람들을 응시하기만 했는데, 그게 '어떤 신호'인지 알아챈 이하가 잡아 주어야 그는 다시금 입을 열곤 했다.

그가 이런 증세를 갖게 된 이유는 간단했다.

'전후좌우는 물론, 어디가 위고 아래인지 분간도 할 수 없으며…… 자신의 손조차 볼 수 없을 정도로 빛이 없는 심연 속에서, 무언가를 딛는 감각도 없이 붕 뜬 느낌으로 몇 개월을 버텼다…… 무엇보다— 당장이라도 팔다리가 얼어붙어 가는 그런 곳에서 생존을 위해 애써야 했다?!'

이지원이 설명한 〈심연〉의 내부는 그러한 장소였다.

람화정도 그 부분을 이야기할 때에 입술을 깨물었다.

그녀가 주석을 붙인 것은, 심연에도 '깊이'가 있다는 정도였다.

그녀가 〈백설Snow white〉로 2차 전직하기 위해 필요했던 것은 심연의 냉기였다. 그것을 직접 만지고 다루기 위해 아르젠마트가 그녀를 보낸 곳은 심연의 외곽부일 뿐.

〈심연의 아가리〉를 통해 중심부로 직접 뛰어든 이지원과는 아무래도 정도의 차이가 있다는 의미였다.

이지원은 살아남기 위하여 지속적으로 화염 스킬과 냉기 저항 스킬을 사용해 보았으나 그것도 큰 의미는 없었다고 했다.

심연 속에서 불은 지속적으로 타오르지 못하며 냉기 저항 또한 잠깐의 추움을 견디게 해 줄 뿐, 심연의 '상태 이상'은 외부의 것과 다르다고 했으니까.

죽이지는 않으면서 마치 냉동 창고에 인간을 넣어 둔 것 같은 차가움이라니.

하물며 이지원의 동화율이 어땠을지 생각해 본다면…….

'말하자면…… 고문이다. 정신적, 육체적 고문이야. 심연에 들어가 있는 행위 자체가 미들 어스에서 가하는 페널티나 다름없어.'

그곳에서 몇 달을 홀로 지냈다.

귓속말도 되지 않고, 홀로그램 창도 보이지 않고, 가방 속 아이템도 오직 손가락의 촉감으로만 분간해야 하는 장소에서.

자신이 말을 하는지, 안 하는지조차 알 수 없다.

무엇이 들리는지, 심지어 눈을 뜨고 있는 건지, 아닌지조차 알 수 없는 심연.

일반적인 유저라면 당장이라도 게임을 로그아웃하거나, 차라리 자살로 죽어 버린 후 사망 페널티를 먹고 인근 마을에서 재접속하는 방법을 택했을 것이다.

그러나 이지원은?

알렉산더와 베일리푸스가 그것만큼은 제대로 보았다.

자신의 2차 전직이 걸린 장소에서 도망갔다간 다시 기회가 안 올 것이라 생각한 이지원은, 집념으로 그곳에서 버티고 마침내 탈출해 냈다.

'그 결과로 얻은 게— 저런 착란 증세와 더불어…….'

자신을 이곳으로 밀어 넣은 바하무트에 대한 분노라니.

정확히는 알렉산더와 베일리푸스가 바하무트에게 부탁한 셈이었지만 바하무트를 포함하여 셋 모두 그런 말은 일절 하지 않았다.

알렉산더와 베일리푸스 또한 심연의 정체에 대해 명확히 파악하지 못한 상태였으므로, 그저 단서가 될 만한 장소라 여기고 이지원을 밀어 넣은 것이었으나 심연의 최심부는 상상을 초월하는 장소였던 셈이다.

'알렉산더의 저 표정…… 본인도 충격 받았나 보군. 에휴, 참, 나.'

알렉산더는 차를 한 잔 타 이지원의 앞에 내려놓았다.

다른 유저들은 랭킹 1위의 뜬금없는 친절에 놀랐으나, 이하는 미안한 감정이 가득 담긴 그 행동을 이해할 수 있었다.

차를 한 잔 받아 마신 후, 이지원은 그 이후의 이야기를 말했다.

물론 모든 것을 말할 정도의 시간도, 상태도 아니었지만 요점만으로도 충분히 놀라운 일이었다.

그는 심연의 최심부에서 〈어비스 디아볼로〉라는 생명체를 만났고, 그것을 제압하여 겨우 탈출할 수 있었다는 것이다.

"어비스 디아볼로?"

"아직 등장하지 않은 몬스터인가. 추정 레벨도 어마어마할 것 같은데……."

"애초에 심연이라는 공간의 존재 자체가 그렇죠. 지금 레벨대에서 갈 곳이 아닐 거예요. 거기서 이겨 낼 수 있는 어떤 내성Immunity을 획득한 후에야 공략 가능한, 일종의 던전일지도……."

유저들은 제각각의 추측을 던졌으나 이지원도 명쾌히 답을 줄 수는 없었다.

애당초 이지원 본인도 제대로 모르기 때문이었다.

다만 어비스 디아볼로에 대해서 이하는 알고 있었다.

'언젠가 레어를 만들려고 했을 때 후보로 나왔던 거다. 전전대의 바하무트도 열 기를 상대하기는 버거울 거라고 했던 몬스터.'

그러한 어비스 디아볼로를 이지원은 무려 다섯 기를 죽였다고 했다.

각개격파로 세 기를 죽였을 때, 2차 전직 완료.

처음 한 기를 죽이기까지 걸린 시간이 가장 오래 걸렸으며 이후의 두 기는 요령이 생겼다고 말하는 부분에선, 드래곤들이 놀란 얼굴을 감출 수 없을 정도였다.

그렇게 〈심연의 투사〉가 되어 배운 새로운 〈솔 블레이드〉의 스킬을 활용해 두 기를 동시에 잡았을 때 마침내 심연 속을 자유로이 돌아다니는 조건이 생성, 그대로 눈에 보이는 '출구'를 향해 나왔다는 것이다.

이지원이 뜨문뜨문 이야기한 것만으로도 흥미롭고 놀라운 사건의 연속이었으나, 진짜는 그게 아니었다.

"거기서 보이던데. 나오기 직전에도 봤음."

"보였다고요?"

"모여 있던데."

"네? 뭐가요?"

신나라의 질문에도 그는 툭, 툭 던지듯 답할 뿐이었다. 그녀가 답답한 마음에 인상을 조금 찌푸릴 때쯤, 라르크가 말했다.

"아니, 잠깐. 〈시티 페클로〉와 〈심연의 아가리〉의 관계를 고려하면······."

이지원이 들어갔던 〈시티 페클로〉 내부 심연의 아가리는 피로트─코크리가 스스로를 봉인했던 곳이다.

신대륙의 〈시티 페클로〉는?

기브리드가 스스로를 봉인했던 곳이다.

그리고 로페 대륙에서 최초로 발견되었던 〈심연의 아가리〉는, 푸른 수염, 레가 스스로를 봉인했던 곳이다.

애당초 마왕의 조각들은 〈심연의 아가리〉와 깊은 연관이 있을 수밖에 없다.

그렇다면 이지원이 신대륙의 시티 페클로 밖으로 나오기 직전 발견한 건 무엇일까.

현시점에서 〈심연의 아가리〉 속을 드나들 수 있으며 또한 그곳에서 '모여 있을 만한' 존재들이 무엇이 있을까.

거기까지 생각이 닿은 유저들은 이지원이 입을 열기도 전에 경악했다.

"서, 설마—."

"이지원 씨!? 보고 나왔다는, 그 모여 있다는 게……."

이지원은 고개를 끄덕였다.

"마왕의 조각."

그리고 심연 속에서 마魔를 보았음을 인정했다.

이지원의 한마디는 〈신성 연합〉 전부를 뒤집어 놨다고 해도 과언이 아니었다.

치요가 이하의 손에 한 번 사망한 이후로는 바하무트를 활용한 치요의 좌표 추적이 불가능해졌기에, 이렇게까지 무식한(?) 방법으로 수색을 하던 게 아니었던가.

"보이던가요?"

"출구 근처는 밝으니까."

"어디? 어디에 있었는데요?"

"네 번째."

"네 번째라니?"

천막 내부의 유저와 NPC들은 몸이 달아 물었으나 이지원의 답변은 아무래도 느릿하기만 했다.

대화를 가만히 듣던 라르크는 이지원의 답변을 기다리지 않고 추측해 냈다.

"심연의 아가리가 하나 더 있었다는 뜻이겠죠."

이지원은 라르크를 바라보았다. 라르크는 이지원과 눈을 마주치곤 그다음 추측도 꺼냈다.

"그리고 아마 방향도 아실 것 같은데. 출구라는 표현도 그렇고, 기존 심연의 아가리 세 군데를 모두 알고 있으실 테니까. 맞죠?"

기존 심연의 아가리 세 군데는 모두 용처가 명확했으며 현재는 사용이 불가능해진 장소다.

그중에서 유일하게 사용 가능한 곳이라면 당연히 심연 내부의 이지원도 파악할 수 있다는 추측이었다.

이지원은 라르크를 바라보며 고개를 끄덕였다.

잠시 후 다시 고개를 젓고는 입을 열었는데, 여전히 그는 입 밖으로 말을 뱉은 것인지 생각으로만 말한 것인지 헷갈려 하고 있다는 의미였다.

"어비스 디아볼로들의 근처에서. 네 번째가 있었는데. 기존이랑은 조금 다른…… 하지만 분명히 봤음. 푸른 수염, 기브리드, 피로트-코크리 그리고 그들의 가운데에 있던 검붉은 무언가까지."

"마왕인가!?"

"마의 파편은? 형태까지 알아볼 수 있었나요? 크기는?"

"검붉고, 인간 느낌? 크기는 상관없음. 그 안에서 크기는 의미 없음."

심연 내부에 대한 설명이 나올 때마다 그의 말은 명확히 이해하기 어려웠으나 이제 유저들은 더 캐묻지 않았다.

어차피 가 보지 않는 이상 그 감각에 대해 알아차리긴 어려울 테니까.

무엇보다 우선 중요한 건 마왕의 조각들의 거처를 이지원이 알고 있다는 점이다.

이지원이 이야기를 할 때부터 눈을 감고 있던 에윈은 눈을 떴다. 그랜빌은 에윈과 눈을 잠시 마주쳤다.

〈신성 연합〉의 총사령관은 쉽게 결정을 내렸다.

"우리를 그곳으로 안내해 줄 수 있겠나."

이지원은 고개를 끄덕였다. 그러곤 바하무트를 바라보았다.

바하무트는 이지원을 보며 빙긋 웃어 주었다. 마치 이지원이 무슨 생각을 하는지 다 안다는 얼굴이었다.

"〈솔〉과 관련된 거라면 나도 조금 더 보고 싶군. 어비스 디아볼로 또한 나는 직접적으로 상대해 본 적 없는 생명체. 그에 관한 이야기를 들려주겠나, 심연의 투사여."

어비스 디아볼로의 이름이 나왔을 때 이지원은 잠시 움찔거렸으나 바하무트에게 달려들진 않았다.

평온한 얼굴로 고개를 끄덕이는 이지원을 보며 이하는 어쩐지 불쌍하다는 생각이 들었다.

'분노 조절 장애 같은 게 생겼을까? 아님 그냥…… 쌓였던 걸 다 털어놓고 나니까 후련해진 건가. 뭔가 분노 게이지가 리셋된 느낌 같은데.'

적어도 사람이 변한 것만큼은 확실했다.

뇌와 직접 연결되고 온갖 감각을 100%까지 정확하게 느낄 수 있는 게임에서 그런 일을 겪는다면, 애당초 정상적인 정신 상태를 유지하기 힘들 것이다.

"그리고…… 가는 길에 시간이 괜찮다면 다시 한 번 대련해 보도록 하지, 이지원."

"용인 상태 돼야 해볼 만할 듯. 님 약함."

"으음!"

알렉산더는 인상을 찌푸렸으나 굳이 무어라 말하지 않았다.

이미 보여 준 결과가 있으므로, 더 이상의 말은 변명밖에 되지 않는다는 걸 잘 알고 있었기 때문이다.

에윈은 라르크와 신나라, 람화연을 보며 말했다.

"그럼, 동이 트는 대로 곧장 출발하도록 하지. 단, 지금처럼 조 단위는 유지하면서 이동하도록. 〈신성 연합〉에 도움이 되는 자가 많다지만, 분명히 다른 생각을 지닌 자도 있을 테니 말이야. 그리고 서 라르크는—."

"당장 에즈웬 교국에 마왕의 조각과 관련된 사안을 전달하겠습니다."

"음."

그가 말한 게 어떤 의미인지 명확하게 파악한 라르크와 신나라, 람화연은 화색 가득한 얼굴로 답했다.

이 안에 마왕군이나 치요의 편을 드는 첩자가 있다 하더라도 행군 목적지가 어째서 바뀌었는지는 알 수 없으리라.

잠시나마 로그아웃했던 유저들은 어안이 벙벙한 상태였다.

약속된 행군 시간에 맞춰 재접속했건만, 밤사이에 무슨 일
이 있었던 것인가.

"행군 방향이 바뀐다고?"

"사우어 어쩌고인가, 거기 결계까지 가는 게 목표 아니었
남? 뭘 알아낸 건가?"

"그리고 이지원이 왔다는 건 어케 된 거임? 벌써 영상도 떴
던데."

"그 급식 새끼, 자기 영상이 이슈되면 가서 리플도 달고 그
러더만 이번엔 조용하더라."

웅성거리는 유저들에게 단연코 최고의 화제는 돌아온 이지
원과 행군 진로의 변경이었다.

애당초 목표했던 지점에 도착하기 전에 바뀐 것이므로, 두
가지 사건을 연관 지어 생각하는 것도 당연한 일이었다.

이 정도 수색에 참가하는 유저들은 최소 200레벨 이상이
므로, 이미 미들 어스 생활을 충분히 겪은 경력이 있기 때문
이다.

그러나 역시 일반 유저들이 알 수 있는 건 거기까지의 정보

였다.

이지원의 상태에 대한 여러 추측들이 있었으나, 그것은 인터넷 커뮤니티에서도 많이 회자되지 않았다.

오히려 유저들을 더욱 자극한 가십과 같은 사건이 있었기 때문이다.

"하지만 역시 개 대박인 건……."

"마스터케이 님이지. 와, 바하무트 스킬이랑 이지원 스킬의 한가운데로 뛰어드는 건 도대체가—."

"영상으로 보는 데도 무슨 똥배짱인지 궁금하더라."

"근데 살았잖아. 그게 미친 거지. 〈아흘로의 방패〉! 캬~ 진짜 탱커가 간지는 간지야."

바하무트와 이지원의 사이도 뛰어들었던 기정의 활약을 유저들이 놓칠 리 없었다.

하물며 이지원의 난동(?)을 촬영한 영상은 이지원이 바하무트와 싸우고, 알렉산더의 스킬을 파훼한 이후에 찍힌 것이었다.

즉, 이지원의 상향된 강력함이나 랭킹 2위의 1위 꺾기 같은 주제로 떠들 만한 여지가 없었다는 점.

그 와중에 단연코 빛나는 장면은 기정의 등장밖에 없는 것이다.

—그런 스킬은 언제 배웠냐? 한마디 말도 없이.

―흐흐, 엉아 놀라게 해 주려고 한 건데. 아쉽네.

―그거는 대성공이지, 인마. 얼마나 놀랐는데. 하마터면 이지원 씨 머리통 날려 버릴 뻔했잖아.

―이열~ 맞출 수는 있었고?

―쫘식이 까부네? 〈공룡화〉 써. 피 얼마나 깎이는지 직접 경험시켜 줄게.

―그럴 필요는 없고!

기정은 일부러 오른쪽을 향해 방패를 슬쩍 들어 올렸다.

이하와는 7개 이상의 조 차이가 있었지만, 사촌 형은 실제로 자신을 충분히 노리고도 남는다는 것을 알고 있었기 때문이다.

실제로 블랙 베스의 스코프를 통해 기정을 관찰하던 이하는 낄낄거리며 웃었다.

―에즈웬에서 퀘스트 준 거냐?

―엉. 신대륙 중앙부에서 경계 생활을 오래했잖아? 근처 사냥도 하고…… 근데 그게 에즈웬 교국에서는 '최전방에서 약자들을 지키기 위해 몸을 바치는 홀리 나이트'가 되어 있더라고. 〈이름 없는 팔라딘〉은 위기에만 활약했지만 나는 평상시에도 그런 모습을 보인다나, 뭐라나.

―으, 응?

실제로 기정은 신대륙 중앙부에서 몬스터에게 쫓기는 유저들을 지키거나, 마왕군 유저들을 경계/탐색하고 또한 카일의 저격에 대비하여 방패를 세우곤 했다.

　물론 무언가를 계획하고 한 행동들은 아니었다.

　신대륙 중앙부 몬스터 레벨이 높고, 인근에도 필드 보스가 나오며 별초의 레이드 등을 위해 용이했기 때문에 전진 기지처럼 오래 머물렀을 뿐이다.

　그러나 그것이 미들 어스의 NPC들에게는 조금 다르게 인식되었다.

　본인의 목숨을 바쳐서라도 타인을 지켜 내는 희생정신.

　즉, 기정은 에즈웬 교국에서 가장 높게 사는 가치를 몸소 증명한 위인이 되어 버리고 있었던 것이다.

　—평판…… 명성과 평판 관련 이벤트구나?

　—응. 혜인 형님도 그 말씀하시더라고. 신대륙 중앙부 쪽은 기사단이나 팔라딘들도 번갈아 가면서 자주 경계를 서곤 했으니까. 아마 그런 소문이 퍼졌을 거래.

　—푸하핫, 진짜…… 얻어걸리는 건 최고다, 최고야.

　—어허, 얻어걸리다니? 나는 이제 〈이름 없는 팔라딘〉 보다도 교국에서 높게 평가해 주는 홀리 나이트야! 아흘로의 철퇴인 동시에 방패라고!

기정이 기세등등하게 가슴을 폈다.

스코프로 그를 보던 이하는 다시 한 번 웃었다.

미들 어스는 결코 유저를 무시하지 않는다. 자신의 행위에 대해서는 반드시 보상을 받거나 벌을 받도록 설계되어 있는 게임은, 어떤 면에선 훨씬 더 언행을 조심하게 만드는 효과가 있는 법이다.

'착한 사람이 손해 보도록 만들지 않겠다는 건가. 하여튼 기정이 자식, 순수한 놈이긴 하지.'

에즈웬 교국에서 퀘스트를 추가로 부여했고 해당 퀘스트까지 전부 클리어하는 게 조건이었으나, 기정은 굳이 자신의 고생 이야기를 하지 않았다.

떳떳한 결과가 있으니 그저 그것을 보여 주는 것으로 만족하는 성격이기 때문이다.

'어쨌든 기정이가 스킬 배우고 한 것만큼 다른 유저들도 성장했다면…….'

확실히 이번 전력은 지난번보다도 강할 것이다. 엘리자베스를 사살한 이후 성장한 자신도 있다.

심연에서 돌아온 이지원이 있고, 바하무트가 함께한다.

'해볼만 해.'

그리고 정확한 목적지도 알고 있다. 남은 기한은 무려 60일.

방향과 위치를 아는 이상 속도전은 필요치 않다.

애당초 거리 자체가 아주 먼 곳이 아니었다.

'이지원의 속도로 이틀 안에 도착하는 거리. 아마 키드나 페이우처럼 빠른 사람들은 모두 이틀 안에 도착할 수 있다.'

다만 현재의 대군을 이끌고 그렇게 이동하는 건 불가능하다.

'치요와 마왕군 측을— 속이지는 못하더라도 방심하게끔 해야 하니까.'

즉, 현재의 행군 속도와 일정으로 움직인다는 게 기본 방침이었다.

랭커급 유저들의 움직임으로 이틀, 일반적인 행군 속도로 약 10일.

이하에게도 꽤 마음에 드는 일정이었다.

'무엇보다 에즈웬에서 온 해석이 좋다. 전혀 늦지 않았어.'

충분히 휴식을 취하며 가도 괜찮은 이유는 에즈웬 교국에서 교황의 의견이 도착했기 때문이었다.

이지원이 〈심연의 아가리〉에서 본 장면을 들은 교황은 '아직 시간이 남아 있다'는 뜻을 전달했다.

[마의 파편, 마왕이 완전히 부활했다면 마왕의 조각은 존재할 수 없습니다. 성전聖典에 의하면 그것은 말 그대로, 마왕으로부터 '떨어져 나온' 것들이며, 마왕이 존재해야 할 때 반드시 하나로 합쳐져야만 하는 존재들이니까요.]

'말하자면 마왕의 조각들의 모든 힘을 모아 마왕을 소환하거나, 으음, 부활시킨다고 해야 하려나? 만든다? 생성한다? 하여튼 그런 개념이라고 봐야겠지. 마왕을 만들어 내기 위한 〈에너지원〉으로써 마왕의 조각들이 사용되는 개념일 거야.'

태초에는 어땠는지 알 수 없다.

그러나 신과 마의 '내기' 이후로 마의 파편들은 모두 사라져야만 했고, 그렇게 스스로를 소멸시키거나 숨어 가는 와중에 자신의 몸을 다시 조각으로 쪼개어 분리시켰을 확률이 높다.

'그리고 마왕이 된다는 건 분리되었던 조각들이, 심연의 어떤 힘이 더해지며 다시 하나로 되는 것. 단순히 1+1+1의 결과물보다 더욱 큰 힘으로 등장한다고 봐야겠지.'

교황이 에즈웰의 경서를 해석하여 내놓은 의견이 바로 그것이었다.

즉, 이지원이 아직 세 기 마왕의 조각과 정체 모를 무언가를 봤다는 말은 모든 의식이 끝나지 않았음을 뜻한다는 것이다.

Geschoss 9.

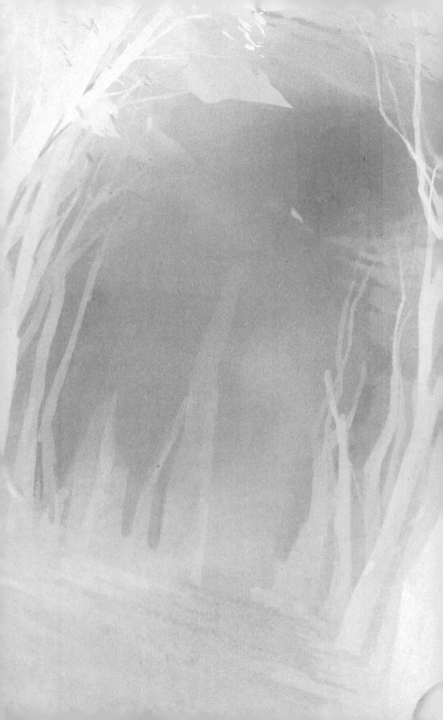

　'그리고 우리의 목표는 단 한 번의 가격이다. 마왕의 조각을 죽일 필요도 없이, 그저 한 번만 건드리면 돼.'

　그들이 〈심연의 아가리〉 속에 있다는 것도 아무런 문제가 아니다.

　그것을 열 수 있는 '열쇠'를 지닌 이지원이 합류했으니까. 이번 '네 번째' 심연의 아가리 출입구 근처에서 그들을 봤다고 했으므로, 이지원이 열어 주기만 한다면…….

　'원거리 공격이 통할 시, 나나 키드, 루거, 보배, 뭐 기타 등등! 아무나 즉시 행동할 수 있어.'

　목표뿐만 아니라 목표에 도달하기 위한 방법까지도 나왔다.

　남은 것은 실천밖에 없다.

'결국 마왕군─ 치요와 조우하는 거겠지.'

그리고 그 실천이란 결국 전투다.

마왕군과 치요가 어디로 향했는지는 알 수 없다. 그러나 이쪽이 행로를 변경했다는 건 치요도 분명히 알 것이다.

시노비구미를 이용해 정보를 입수했다면, 그녀가 〈신성 연합〉 측의 최종 목적지를 파악하고 있다고 생각하는 편이 옳을 것이다.

그렇다면?

'마왕군을 어떻게든 구슬려서 그쪽으로 향하겠지. 그것도 우리보다 빨리 도착해 있을 거라고 인정하는 게 맞을 거야. 어설프게 생각하다간 역으로 당한다.'

치요만 이하에 대해서 파악하고 있는 게 아니다.

이하 또한 치요의 성격과 패턴을 알고 있다.

마왕군과 손을 잡았다지만, 그녀가 절대 호의로 그들을 도왔을 리 없다.

그녀의 목적, 〈제3세력〉의 인정을 위해서라면 반드시 필요한 조건 중 하나가 마왕군의 약화가 아닌가.

'엄밀히 말하면 마왕 부활을 저지해야 하는 게 맞다. 치요는 마왕의 조각이 마왕의 조각들로만 남아 주기를 바랄 거야. 마왕까지 깨어나 버리면 이 게임은 끝이니까.'

치요에 대한 이하의 추측은 거의 완벽했다.

단 하나, 치요조차도 아직 자신이 있는 자리가 마왕의 조각들이 있는 장소라는 걸 모른다는 것을 빼고……

〈신성 연합〉이 진로를 변경한 그날, 마왕군 유저들과 치요
는 마왕의 조각이 있는 자리에 도착했다.

만약 하루나 이틀 정도만 늦게 도착했다면 치요도 알아차
렸을 것이다.

메데인과 칼리도 이곳에서 크게 벗어나지 못한 채 인근을
맴돌았을 테고, 그런 행동을 보였다면 눈치 빠른 치요는 즉각
두 사람의 행동에 숨은 진의를 찾아낼 수 있기 때문이다.

"그들이 방향을 바꾼 건 결코 보통 일이 아닐 거예요. 아마
도 들켰을 가능성이 높은데…… 안 가 봐도 될까요?"

그러나 지금은 아니었다.

팔짱을 낀 채 인상을 찌푸리며 그녀는 본격적으로 불만을
드러내고 있었다.

메데인과 칼리는 여전히 별로 관심 없다는 표정으로 답
했다.

"치요 님 말씀대로 그들의 진군 방향이 이쪽이라면—."

"여기서부터 유격遊擊을 하며 견제하는 것도 좋겠군요."

"치잇, 그게 전부인가요? 특별히 막아야 할 포인트라도 말
해 주면 좋겠는데."

치요가 짜증을 부려 보며 마왕의 조각들이 숨은 위치를 찾아내려 했지만, 그들은 고개를 젓거나 어깨만 으쓱하며 아무런 말도 하지 않았다.

말을 하면 할수록 치요의 꾀에 넘어간다는 걸 안 이상, 하물며 그들은 나름대로의 목표를 달성한 셈이므로 굳이 치요와 말을 섞을 필요조차 없는 것이다.

'어차피 다 왔어. 여기서 적당히 저들의 발을 묶는다는 이유만 대도 믿겠지. 〈신성 연합〉의 정보는 저년이 직접 가져온 거니까.'

'마탄의 사수 공격 범위가 넓으니 여기서부터 견제하자는 주장도 충분히 먹혀들었다. 남은 건 시간을 잘 때우는 일.'

자신들은 마왕의 조각들이 숨은 거처에 잠복하고, 치요를 이용해 〈신성 연합〉을 견제한다.

마왕군 소속 유저들에게 있어서 더없이 좋은 상황이 만들어진 셈이었다.

다른 마왕군 유저들도 치요처럼 마왕의 조각과 관련된 정보를 몰랐으므로 조바심이 들곤 했지만 파우스트보다 더 심한 사람은 없었다.

치요는 나름대로의 카드가 있다.

그러나 파우스트는?

'빌어먹을, 이놈이고 저년이고 전부……!'

그는 아무것도 얻은 게 없다.

알고 있는 것도 없다.

마왕의 조각에게 위임 가능한 모든 권한을 받아 놓고도 휘둘려야만 하는 상태라니!

이미 마왕군 소속 유저들도 파우스트를 반쯤은 무시하고 있었다.

눈칫밥으로 살아왔고 눈치만 보며 마왕군으로 전향한 유저들이, 메데인—칼리, 치요, 파우스트 간의 알력 싸움과 그 결과에 대해 모를 리가 없었던 것이다.

'이대로 마왕이 부활해 버리면 주도권이 완전히 넘어갈 거야. 퀘스트 완료에 대한 공로 체크를 안 할 리 없다. 그렇게 된다면……'

메데인과 칼리는 칼라미티 레기온을 적에게 넘겨 버린 과를 저질렀다.

파우스트는 푸른 수염과 함께 칼라미티 레기온을 구성하기 위해, 야생의 공룡들을 직접 포획하러 다녔으므로 잘 알고 있었다.

'실제로 레만 있다면 공룡들은 또 구하러 다닐 수 있어. 수가 많지 않지만 디스펠 전용의 몇십 마리 정도는 충분히 구할 수 있다. 그렇게 된다면……'

칼라미티 레기온을 잃고 1, 2세대 마왕군 몬스터를 잃어버린 '과'보다는, 〈신성 연합〉의 막강한 군세에게서 마왕의 조각들을 끝까지 지켜 낸 '공'이 더 높게 평가 받을 것이다.

거기에 더해 그들이 이미 데리고 있는 많은 지지 세력까지 포함하여 계산하면 어떻게 될 것인가.

마왕군으로 전향한 최초의 유저라고 봐도 과언이 아닌 자신이 버림받아야 할 처지에 놓인단 말인가.

어느 정도의 공로는 인정받겠지만, 마왕군은 인간들의 왕국과는 그 구도가 다르다.

자신이 끝끝내 다른 유저들을 짓밟고 올라서서 마왕의 조각 세 기에게 모든 권한을 독점할 수 있었던 만큼, 기본적으로 '승자 독식' 체제를 인정한다고 봐야만 한다.

'위험해. 내 자리 정도가 아니라……'

메데인과 칼리 중 누구라도 그 자리에 앉게 되면 파우스트와 다른 한 사람은 추방당할 가능성도 있다.

마왕까지 깨어나고 나면 제아무리 악명 높은 길드를 이끌었던 경험이 있던, 20위 랭킹 이내에 있던 그런 건 아무런 가치도 갖지 못하게 될 테니까.

'미들 어스를 사실상 플레이하지 못할 수도 있어.'

파우스트는 마른침을 삼켰다.

무심코 손에 힘이 들어간 순간, 그는 손가락에 따끔한 감각을 받았다.

'읍? 갑자기 무슨—.'

반사적으로 손을 들어 확인하는 그의 눈에 들어온 것은 뼈로 만들어진 지팡이였다.

피로트-코크리가 떠나기 전, 자신의 손에 직접 쥐어 줬던 바로 그 지팡이.

매끈하게 깎여 있던 뼈 지팡이의 한 면에 문자가 나타나기 시작했다.

'이건······.'

피로트-코크리가 파우스트에게 직접 주었던 뼈 지팡이는 애당초 뛰어난 능력치만 붙은 게 아니었다.

'특정 조건'이 성립되었을 때, 나타나는 특수 옵션까지 붙어 있었던 것!

[테마 게임, 당신의 선택!]

파우스트는 다시금 뼈 지팡이를 꽉 쥐었다. 그 누구도 자신의 변화를 눈치채지 못하도록 하기 위해서.

그러곤 웃음을 참아야 했다.

동상이몽 중에도 마왕군 유저들은 〈신성 연합〉을 상대해야 한다는 것에 의견을 모았다.

그로부터 약 하루 반나절가량이 지났을 때, 마침내 〈신성 연합〉 최초의 사망자가 발생했다.

에윈은 즉시 행군을 멈추게 만들었다.

"서 라르크."

"네, 총사령관님."

마탄의 사수에 의한 짓이라는 건 금세 알 수 있었다.

그리고 애당초 〈신성 연합〉은 이 일을 준비하고 있지 않았 던가.

"하이하를…… 부르게. 그리고 준비하도록."

마침내 에윈은 마탄의 사수에게 대항하기 위한 카드를 꺼 내어 들었다.

이하는 이미 준비를 마친 상태였다.

"진짜로? 도움이 필요 없다고? 그래도 내가 막아 줘야 하 지 않겠어, 형?"

"아냐. 어차피 단발 싸움이야. 너랑 같이 다니다간 카일이 날 먼저 발견할 확률이 높아져. 차라리 혼자 가는 게 나아."

이하의 주변으로 많은 유저들이 모여들었다.

기정을 비롯한 별초는 물론, 라파엘라와 루비니, 신나라, 라르크 심지어 페이우까지도 마탄의 사수 사냥을 위해 손을 보태기 위함이었다.

"정말 지도도 없이……."

"루비니 씨는 〈신성 연합〉에서 가장 큰 자산 중 한 명이에 요. 치요가 처음부터 카일에게 루비니 씨를 노리라고 했던 적이 있는데, 이제 와서 같이 가자고 할 수는 없죠."

그러나 이하는 그들 모두를 거부했다.

카일과의 전투가 어떻게 흘러갈지 예측할 수 없는 이상, 굳이 도우미는 필요치 않다.

스킬 〈마음의 눈〉이 있는 이상, 관측수와 함께할 필요도 없었기에 이하의 발언은 당연한 것이었다.

그러나 유저들의 반발은 심했다.

상당수는 이하를 걱정하기 때문이었으나, 그 안에 어떠한 종류의 흑심이 없지만은 않았다.

"그, 그래도!"

"지난번 〈천국으로 가는 계단〉 때에도 호, 혼자 하셨으니까— 이번에는 같이 가는 게 좋지 않을까요?"

"바람잡이라도 한 명 있으면 하이하 님이 일하시기 편해질 텐데요!"

마탄의 사수가 갖고 있는 힘에 대해 이제 모르는 유저는 없다.

당연히 그들 모두가 '마탄의 사수'라는 특수직에 대해 욕심을 내고 있었다.

게다가 이하의 주변에 모인 유저들은 사우어 랜드를 다녀오고, 마탄의 사수와 관련된 단편적인 정보 또한 알고 있는 사람이 대다수이지 않은가.

'카일을 죽이는 게 아니라…….'

'그 총, 그 총을 쥐는 게 결국 포인트.'

카일을 상대하는 것과 관계없이, 타이밍만 잘 맞춘다면 자신이 마탄의 사수가 될 가능성도 얼마든지 있다.

그것은 애당초 직업인가, 업적인가, 칭호인가.

아무것도 밝혀진 게 없는 시점에서 그들이 어느 정도의 욕심을 내는 것도 당연한 일이다.

그렇게 이하의 주변으로 몰려든 유저들을 보며 비예미는 간단히 상황을 정리했다.

"킷킷, 설마 마탄의 사수가 탐나서 하이하이 씨를 따라가려는 멍청이는 없을 거라고 생각하지만— 아마 몇 걸음을 떼기도 전에 머리통이 펑! 하고 터질 걸 각오하는 게 좋을 거예요. 과연 이 중에서 하이하이 씨를 제외하고 '총'을 볼 수나 있는 사람이 얼마나 될라나~? 킷! 그리고 하이하이 씨가 카일을 상대하면, 당연히 그다음 해야 할 일도 있는데 말이죠."

마탄의 사수가 되기는커녕 카일에게 머리가 터지거나, 혹여 이하가 먼저 카일을 제거한다 해도, '총'을 줍는 싸움을 벌여야 한다. 〈vs하이하〉전을 치러야 한다는 의미.

"아……."

"크흠."

대다수의 유저들은 헛기침을 하며 이하에게서 멀어졌다.

비예미는 이하를 향해 엄지를 치켜들었다.

이하는 그 모습을 보며 웃었다.

"손톱 깎아야 할 것 같은데요."

"킷킷, 웬만한 손톱 깎기는 닿기만 해도 녹는다고요."

리자디아의 엄지손톱이라니.

이하는 썰렁한 표현으로 감사의 말을 대신하고는 마침내 치요 측이 있을 법한 방향을 바라보았다.

다른 유저들은 이하를 잡을 수 없다.

이하는 주변에서 들려오는 발걸음 소리만으로도, 마침내 자신을 잡을 만한 유저들이 다가오고 있음을 알 수 있었다.

"우리까지 두고 가려는 겁니까."

"뛔, 네 녀석 혼자 마탄의 사수가 되는 꼬락서니는 절대 못 보는데."

키드와 루거가 삐딱한 자세로 이하의 곁에 섰다. 이하는 양 옆을 흘끗거리곤 웃었다.

애당초 카일은 혼자 잡을 수 없다.

카일과 이하 자신의 단발 싸움이 될 확률이 매우 높지만, 적어도 그럴 시간을 벌어 주고 또 카일의 사격을 견제해야 할 인원이 필요하다.

"기다리고 있던 거거든요? 하여튼 말투들 하고는……."

당연히 그 후보는 삼총사가 될 수밖에 없는 것이다.

이하 자신이 스킬을 배웠듯 키드와 루거도 배웠을 것이다. 그리고 그 스킬은 반드시 카일을 잡기 위해 필요한 용도로 쓰이리라.

키드는 피식 웃으며 모자를 고쳐 썼다.

루거는 여전히 투덜거리고 있었지만 코발트블루 파이톤의 포구는 명확한 적의 방향을 가리키고 있었다.

"그럼 시작한다. 아마 바로 반격이 날아올지도 몰라. 각오들 해."

이하도 곧장 서서쏴 자세를 취했다.

기존 SASR보다도 긴 총신이지만 젤라퐁이 스태빌라이져 역할을 해 주므로 사격 자세에 흔들림은 없었다.

"당신이나 잘 하는 게 좋을 겁니다."

"크크크……. 키드, 하이하가 카일을 죽였다고 바로 총 주우러 갈 생각은 마라. 반경 1km 전역을 쑥대밭으로 만들어 놓을 거니까."

"그때 이미 당신의 몸은 마탄으로 뚫려 있을 겁니다."

"뭐, 뭣!? 이 자식이─."

"시끄러들! 간다!"

키드와 루거가 티격태격하면서도 준비를 마쳤을 때, 이하는 조용히 스킬을 사용했다.

"〈마음의 눈〉."

─────────────────────!

이하의 시야는 순식간에 암전되었다.

마치 전기가 차단된 밀실에 갑작스레 던져진 시야 같았지만 그 안에서도 이하는 보았다.

저 멀리 있는 주광색의 작은 점 하나. 이하는 그것을 확대했다.

=하이하.

그리고 마침내 자미엘과 연결되어 있음을 확신했다.

자미엘은 이하 자신을 보며 웃고 있었다.

=〈마음의 눈〉인가. 큭큭큭……그러고 보니 막스 헤스콕이 그런 기술을 사용하곤 했지. '믿고 쏜다'는 말을 자주 했던 놈이었어. 엘리자베스도 역시나 그런 기술을 쓸 수 있었나 보군. 아니, 그때보다 더 대단해.

이하는 잠시 움찔거렸다. 막스 헤스콕이 누군지 알고 있기 때문이었다.

'기록을 남긴 마탄의 사수 중 한 명이자…….'

엘리자베스의 혈통으로 추정되는 사람. [명중]의 핏줄은 그때부터 내려오고 있었을까.

어쨌든 이하는 이미 〈마음의 눈〉에 대해 알고 있는 자미엘을 보며 자신의 추측이 맞았음을 알 수 있었다.

그렇다면 여기서 자신도 말을 할 수 있는 것일까.

자미엘의 이야기가 자신에게 들리듯, 자신도 자미엘에게 말을 걸 수 있을까.

—카아아아……자미엘……!—

이하가 그것을 미처 테스트해 보기도 전, 또 다른 목소리가 암전된 공간에서 울렸다.

'으, 응? 블랙?'

이하도 갑작스러운 블랙 베스의 개입에 놀랐으나, 더욱 놀란 얼굴을 한 카일=자미엘이 이하의 눈에 들어왔다.

=블랙 베스? 벌써 그렇게까지 자아를 되찾았군. 파하하핫…….

—웃, 고 있는 건가. 나는 오직 네 녀석을 씹어 먹고 그 피의 한 방울도 남지 않게끔 마셔 버리기 위해 이곳까지 온 것이다.—

블랙 베스의 목소리는 전에 없이 떨리고 있었다.

이하는 그것이 분노에 의한 떨림임을 알 수 있었다. 처음 봉인을 해제했던 그날부터 지금까지, 블랙 베스가 원했던 소원은 하나뿐이었으니까.

물론 지금은 그것이 중요한 게 아니다.

블랙 베스가 말을 했다면 이하 자신도 할 수 있을 거라는 점. 그리고 자미엘의 말을 통해 또 다르게 알아낸 사실이 있었기 때문이다.

=카일은 더 이상 말을 못 하나?

=으음? 왜 그렇게 생각하지?

=네놈 스스로 '엘리자베스'라고 말했어. 만약 카일이 있었다면 그렇게 표현하진 않았을 거다. 심지어 너는 그런 말을 하면서 한 치의 흔들림조차 없군. 내가 〈마음의 눈〉을 어떻게 배웠는지…… 알고 있을 거면서 말이지.

지독한 '마마보이'의 느낌이었던 카일이 엘리자베스를 그렇게 대할 리 없다. 하물며 이하가 엘리자베스를 사살했다는 걸 직/간접적으로 알고 있을 것이다.

마왕군 소속 유저들을 통해 들었든, 카일=자미엘이 무슨 방법을 통해 엘리자베스를 보았든. 그러나 카일은 여전히 아무런 반응도 보이지 않고 있다.

카일이 행동을 통제할 수 있었다면 이하 자신에게 당장 격발해도 이상하지 않다.

그러나 하지 않는다는 건 결국 카일은 신체 주도권을 잃었다는 의미이다.

=큭큭큭…… 말해 줄 필요는 없겠지.
=말 안 해도 알고 있어. 무제한의 마탄을 사용할 수 없고,
그렇다고 카일에 대한 반응도 없고. 아마 카일은 자신의 몸을
완전히 빼앗기지 않기 위해 지키느라…… 말을 할 수 없거나
행동에 관여할 수 없는, 그런 지경이겠지. 결국 여전히 '반반
상태'인 거야.

카일의 미간이 움찔거렸다.
이하는 그렇게나 자세한 모습으로 그를 관찰할 수 있었다.
이하가 서서쏴 자세에서 지속적으로 카일과 대화를 하는
이유는 두 가지였다.
한 가지는 지금처럼 마탄의 사수, 즉, 카일=자미엘의 현재
상태에 대한 정보를 알아내기 위해서.
그리고 두 번째는, 거리를 파악하기 위해서.
이하는 자미엘과 대화를 나누면서도 그와의 거리에 대한
감을 잡아 보기 위해 애쓰고 있었다.
'루비니 씨의 지도에는 포함되지 않았어. 적어도 10km보다
는 바깥에 있을 거야. 하지만…… 내 최대 사거리 이내일까.'
〈의지의 탄환〉은 최대 사거리 이내에 목표가 있을 때에만
사용할 수 있다.

현재 자미엘과 자신의 거리가 17.5km 이내에 들어올까?

'처음 보였던, 그 작은 점.'

확대하기 직전에 보였던 주광색의 빛 덩어리. 스케일Scale을 적용해서 볼 수는 없다.

그까짓 점의 길이는 밀리미터 단위나 겨우 될 것이므로, 현재 자미엘과 자신의 거리는 얼마가량이 될 것이다, 따위의 계산을 하는 건 불가능하다.

=크크크…… 재미있는 놈이로군. 만약 카일의 몸을 완전히 빼앗을 수 없었다면 진작 네 녀석을 마탄의 사수로 만들었을지도 모르겠어.

카일의 신체가 잠시 움찔거렸다.

이하는 그 미세한 동작을 놓치지 않았다.

카일은 처음부터 자신의 옆에 기다란 총을 세워 둔 상태였다. 그것을 기둥처럼 세워 놓고 쥔 채, 이하 자신을 향해 말하고 있었다.

그리고 방금의 동작은?

그 총기를 쥐고 있던 손에 힘을 준 것이다.

어째서 갑자기 총기에 힘을 주었을까. 이하는 호흡을 가다듬었다.

=아마 영원히 그럴 수 없을 거야.

=왜 그렇게 생각하지. 마탄의 사수가 되어, 이 세상 모든 힘을 누려 보고 싶지 않은가.

=그러고는 싶지만, 네가 블랙 베스에게 먹히고 나면 그럴 수 없을 테니까.

이하가 말을 마치기 무섭게 카일이 총기를 들어 올렸다.

거리가 얼마나 되는지 알 수 없다. 명확하게 계산하는 건 무리다.

그러나 카일의 행동을 기반 삼아 본다면, 이하에게도 어느 정도의 '믿음'은 생긴다.

현재 서로가 서로의 사정거리 이내에 있다는 믿음이.

이미 이하의 팔과 다리에는 녹갈색의 뿌리가 휘감긴 후였다.

―각인자여, 준비가 끝났다. ―

블랙 베스의 목소리가 들릴 때쯤, 총을 쥔 카일은 빠르게 움직여 이하를 겨눴다.

아니, 겨누려 했다.

"〈의지의 탄환〉!"

[스킬 사용 대상을 확인합니다.]

[사용 대상: 카일 브라운 / NPC]

[대상의 위치를 확인합니다.]

[대상과 시전자의 거리: 16.44km]

그러나 이하가 한발 빨랐다.

투콰아아아————————……!

이하의 몸이 주춤거렸다.

여전히 암전된 이하의 시야에서 보이는 것은 카일과 자신 그리고 날아가는 탄환 하나였다.

'됐어! 됐어!'

〈스나이프〉와 〈관절 고착〉 상, 하부를 몰래몰래 사용한 이하의 최대 사거리는 약 17.5km!

친절하게 설명해 주는 스킬 안내 창을 보며 이하는 빠르게 계산했다.

'LRRS 모드의 이 총이라면 초속 약 880m가량이다. 도착 즈음에는 이 정도 속도를 유지할 순 없다지만 그래도 초속 700m는 족히 넘을 거야! 평균으로 따지면 약 800m/s.'

그렇다면 목표물에 도달하기까지 걸리는 시간은 어림잡아 20.55초가량이 된다. 방아쇠를 당긴 그 순간부터 이하는 카운트하고 있었으므로 알 수 있었다.

'하지만 저렇게 움직여서는 시간이 조금 더 걸리겠지.'

블랙 베스의 총구를 떠난 주황색 점이 날아가며 움직이는 게 보였다. 벌써 한두 번 흰 게 아니다.

심지어 어느 구간에서는 갑자기 하늘로 치켜 올라가는 방식으로 보일 지경이었다.

이하는 그것을 보며 카일과 자신 사이에 있는 '지형'마저도 그려 볼 수 있었다.

탄환이 저렇게 움직인다는 건, 제법 가파른 경사 또는 언덕이 그 사이에 놓여 있다는 의미가 될 테니까.

14초, 15초, 16초.

이하는 자미엘을 계속 관찰 중이었다.

스킬을 시전하는 목소리를 자미엘이 들었을까?

'아까 자미엘과 대화를 나누던 때의 울림과는 조금 달랐어. 어쩌면…… 모를지도…….'

1초가 지날 때마다 가슴을 옥죄어 오는 압박감은 더욱 커졌다.

마침내 18초, 19초가 지날 때에는 심장이 입으로 튀어나오는 게 아닐까 싶을 정도로 이하에겐 긴장되는 순간이었다.

그리고 20초!

'음?'

20초가 다 될 때까지도 카일은 이하를 겨눈 채 움직이지 않고 있었다.

그가 별다른 움직임을 보이지 않았기 때문에 이하도 카일은 자신이 스킬을 사용했다는 점을 모를 거라고 추측한 것이다.

그러나 20초가 된 순간, 카일은 총구를 이하에게서 다른 곳으로 옮겼다.

'어?'

21.73초, 카일의 몸이 덜컥였다. 그리고 그는 곧장 뒤로 돌아 달리기 시작했다.

소리는 들리지 않았다. 하지만 이하에게는 들린 것과 마찬가지였다.

카일을 향해 휘어 날아가던 작은 점 하나가 사라졌으니까.

그것이 의미하는 바를 안 순간, 이하는 잠시 정신을 잃고 싶어졌으나 그럴 여유는 없었다.

'말도 안 돼…… 아니, 아니다. 말이 돼. 너무나 침착하게— 말이 되는 일이야.'

이하는 엘리자베스를 보지 못한 상태에서, 오직 그녀의 행동에 대한 믿음만으로 탄환을 쏘았다.

그러나 카일은?

〈마음의 눈〉 상태에서 카일은 이하를 볼 수 있다.

16.44km 거리에서 카일에게 도달할 때 이하가 쏘아 낸 탄환의 속도보다, 그 탄환이 자신에게 도달할 때쯤이라는 걸 눈치채자마자 방아쇠를 당긴 카일의 탄환이 빠른 건 당연한 일이다.

즉, 이하의 탄환보다 빠른 속도의 장해물이 발생한다는 뜻이다.

〈의지의 탄환〉
발동 조건: ─목표 대상이 무기의 최대 사거리 이내에 포함될 때
　　　　　─사용자가 목표 대상을 인지하고 있을 때
　　　　　─사용자와 목표물 사이에 대상 무기의 이동 속도 이
　　　　　 상의 장해물이 없을 때

　그렇게 되면 〈의지의 탄환〉을 효력을 잃는다.
　마음대로 휘고 꺾이는 유도탄이 아니라 그저 일반적인 탄환으로 변해 버린 순간, 카일이 쏘아 낸 탄환과 부딪치며 그대로 소멸해 버렸다는 뜻이다.
　이하는 〈마음의 눈〉을 즉시 해제하며 외쳤다.

　"빌어먹을! 총탄으로 총탄을─ 카일의 방향은 북북서, 여기서부터 약 16.44km! 나는 20분간 못 움직여! 가는 도중에 언덕이 하나 나올 테니 최대한 조심하면서 접근해! 현재는 후퇴 중으로 추정!"
　키드와 루거는 눈이 튀어나올 것처럼 커졌으나 더 이상 묻지 않았다.
　"갑시다!"
　"젠장, 이놈이나, 저놈이나 다 광대짓이나 하고 자빠졌군!"

키드와 루거가 순식간에 달려 나갔다.

이하에게서 갑작스레 멀어지는 두 사람을 보며 주변에 있던 다른 유저들은 어안이 벙벙했다.

"혀, 형? 뭐야, 어떻게 된 거야?"

기정이 이하를 향해 물었다.

그들이 보기에는 그저 아무것도 안 하고 서 있던 이하가 갑작스레 제자리에서 스킬을 사용하고 또 방아쇠를 당긴 것으로밖에 보이지 않았기 때문이다.

그러나 이하는 많은 걸 설명할 시간이 없었다.

〈관절 고착: 하부〉는 이동을 제한하며, 한 번 사용 시 20분간 스킬의 해제가 불가능하다.

키드와 루거에게 위치를 알려 줬고, 앞으로도 계속 서포트를 하겠지만 두 사람으로는 카일을 상대하기 어려울지도 모른다.

키드와 루거 그리고 이하 자신이 카일의 관심을 끌었을 때, 다음 수를 둬야 한다.

"스킬 때문에 이동 제한이― 아니, 어쨌든 위치를 알았으니까 기정아, 라르크 씨한테―."

"준비는 끝났습니다! 총사령관님! 〈신성 연합〉 전군, 5개의 대隊로 재편성 완료입니다!"

"―엥?"

당연히 그 점은 라르크가 생각하고 있던 것이었다.

애당초 에윈이 이하를 부르며 라르크에게 '준비'시킨 것은, 이하가 아니라 바로 〈신성 연합〉의 군세 전체였으니까.

카일과 한 번 맞붙은 이상, 어차피 상호 간 접근을 완전히 눈치챈 셈이다. 그렇다면?

"다른 4개 군세의 선두는."

신대륙 동부 깊숙한 이곳의 지형은 결코 대군이 돌격할 만한 장소가 아니다.

따라서 에윈은 1500개의 조를 300개씩 5개로 재편성하도록 라르크에게 지시한 상태였다.

"넵! 2번 데임 신나라, 3번 황룡의 페이우, 4번 개척왕 페르낭, 5번 알렉산더입니다."

"목적은 오직 하나, 〈심연의 아가리〉. 그곳에 도착한 이후의 연계를 제외한 나머지 모든 진군을 각 대의 대장에게 자율로 맡기도록 하게."

"알겠습니다!"

그리고 지금 에윈은 칼을 빼 들었다. 초원의 여우는 언제나 두 번째 수를 준비하고 있다.

[최후의 학살을 막아라 퀘스트 내용이 변경되었습니다.]

"그럼 본대, 돌격."

대다수의 아군조차 완벽하게 속여 버린 에윈은 곧장 검을 들고 뛰쳐나갔다.

"어, 어어어!?"

"가, 가자! 퀘 내용 바뀌었다! 그냥 닥돌이야!"

주변의 유저들은 바뀐 퀘스트 내용을 확인하며 광분했다.

당연히 에윈의 본대뿐만이 아니라 자율로 맡겨진 네 개의 대 또한 마찬가지였다.

"시발, 뭐야, 이거!? 5개의 대로 나뉜 거면 보상도 도착 순서에 따라 다를 거라고!"

"달려, 달려어어어어!"

유저들은 미친 듯이 에윈의 뒤를 따랐다.

초원의 여우가 앞장설 때, 그 군대는 일반적인 군대가 아니다.

하물며 '본대'라는 이름의 에윈 휘하에 들어간 유저들이라면 자신들이 다른 대보다 퀘스트를 빨리 달성할 가능성이 높다는 걸 알고 있으니, 더욱 기세가 타오를 수밖에 없었다.

"엉? 무슨……?"

"형! 우리도 갈게! 형은 천천히 그거 끝내고 와!"

"자, 잠깐만! 기정아!?"

"킷킷, 마탄의 사수를 맡아 줘서 고맙다고요, 하이하이 씨!"

별초의 인원들도 빠르게 뛰쳐나갔다.

조금 전까지 팽팽한 긴장감만이 감돌던 신대륙 동부는 어느새 불을 지핀 것처럼 타오르는 기세에 휩싸여 있었다.

"……뭐야, 이거? 왜 내가 들러리 같지?"

—나에게 자미엘을 먹이지 않을 셈인가, 각인자여.—

"나, 나도 그러고 싶은데! 제기라아아알! 누가 좀 움직이게 해 줘!"

이하의 곁에서 말을 걸어 주는 건 오직 블랙 베스뿐이었다.

《마탄의 사수》 50권에 계속